하북팽가
검술천재

KB062350

하북팽가 검술천재 25

2024년 3월 21일 초판 1쇄 인쇄
2024년 3월 26일 초판 1쇄 발행

지은이 이도훈
발행인 김관영

기획 박경무 강민구 임동관 조익현
책임편집 주현진
마케팅지원 유형일, 장민정

발행처 (주)로크미디어
출판등록 2003년 3월 24일
주소 서울시 마포구 마포대로 45 일진빌딩 6층
Tel (02)3273-5135 Fax (02)3273-5134
홈페이지 rokmedia.com E-mail rokmedia@empas.com

ⓒ 이도훈, 2022

값 9,000원

ISBN 979-11-408-2175-4 (25권)
ISBN 979-11-354-7650-1 04810 (세트)

이도훈 신무협 장편소설

25

하북팽가
검술천재

차례

그대들을 믿습니다

   설화가 비둘기를 날리려고 준비하는 모습을 바라보며 모두가 마른침을 삼켰다.

   팽혁빈조차 자신의 아우를 조용히 바라보고만 있었다.

   그도 그럴 것이, 비둘기란 새는 상당히 예민하기 때문이다.

   괜히 여기에서 소란을 피우면 비둘기가 방향을 잃고 엉뚱한 곳으로 날아가기 마련이었다.

   그렇게 되면 정보를 다른 곳에 누설하는 것밖에 안 된다.

   과연 저 전서 통에는 어떤 내용이 담겨 있을까?

   이것이 팽혁빈과 다른 이들이 가지고 있는 의문이었다.

   모두의 뜨거운 시선에도 설화는 묵묵히 비둘기에 전서 통을 매달고 있었다.

그렇게 작업을 거의 마쳤을 때였다.

상자 중에는 아직도 천에 가려져 있는 것들이 있었다.

천으로 겉을 막아 놓는 것으로도 모자라 상자 하나하나를 다시 덮어 놓은 것.

설화가 그 상자의 천을 걷어 냈을 때였다.

팽혁빈은 자신도 모르게 비명을 토해 냈다.

"헉, 이런 미친!"

그 반응은 당연했다. 이중으로 천을 덮어 놓은 상자 안쪽에는 매가 눈을 빛내고 있었다.

전서구 사이에 전서응을 섞다니?

이건 팽혁빈의 말대로 미친 짓이 맞았다.

그러지 않아도 예민한 새 중의 하나가 비둘기였다.

그런데 전서응을 같이 날린다면?

비둘기는 살기 위해 목적지도 잊어버릴 것이 분명했다.

그때 한빈이 손을 내저었다.

"그렇게 놀라지 마십시오."

"그게 무슨 말이냐? 나는 전서응과 전서구를 같이 날린다는 것은 들어 보지 못했다."

"겁만 주지 잡아먹지는 않을 겁니다."

"그러니 말이다. 저게 훈련된 전서응이라고 해도 비둘기는 분명히 겁을 먹을 테고, 목적지도 없이 중원의 곳곳을 떠돌아다닐 것이 분명하다. 그런데 저놈들을 그냥 날린다고?"

그때였다.

설화가 새장의 문들을 활짝 열었다.

마치 동시에 연 것 같은 착각이 들지만, 이것은 구걸십팔보의 속도 때문이었다.

설화는 구걸십팔보의 극성을 눈앞에 두고 있었다.

동시에 백 마리가 넘는 비둘기가 날갯짓하며 하늘로 날아올랐다.

푸드덕.

공중에서 비둘기들이 빙빙 돌며 방향을 잡기 시작했다.

이어서 전서응도 하늘 위로 날아올랐다.

전서응이 허공으로 날아오르자 빙글빙글 돌던 비둘기들이 방향도 잡기 전에 흩어졌다.

그 모습을 보며 팽혁빈이 한숨을 내쉬었다.

"내 말이 맞지 않느냐? 저렇게 뿔뿔이 흩어진다면 전서를 보낼 필요가 뭐가 있겠느냐?"

"괜찮습니다, 형님."

"저기에는 분명히 중요한 기밀이 적혀 있을 테고 강호인들은 정파 사파 할 것 없이 모두가 전서에 적힌 기밀을 볼 것이야. 그런데 괜찮다고?"

질문이 아니라 이건 한빈을 탓하는 목소리였다.

팽혁빈은 아우를 믿고 있긴 했지만, 이렇게 일을 처리하는 것은 한빈의 강호 경험이 부족하기 때문이라고 생각했다.

어떤 내용인지는 몰라도, 이곳까지 와서 전서구를 날릴 정도면 이번 일의 성패를 좌우할 것이 분명했다.

다행히도 매는 비둘기를 잡지 않았다.

비둘기 같은 하찮은 생물에는 관심이 없다는 듯 도도하게 날갯짓하며 방향을 잡고 날아갔다.

하지만 비둘기는 사정이 달랐다.

뿔뿔이 흩어져서 아비규환이 되었다.

매를 피해 도망치다 보니 아래로 내려온 놈들도 있었고, 허겁지겁 숲으로 들어가서 몸을 피한 놈들도 있었다.

어떤 비둘기는 일단 앞만 보고 날아갔다.

그렇게 날다가 서로 부딪힌 놈들도 있었다.

한마디로 이곳은 아수라장이 되었다.

혼란스러운 상황에도 한빈은 표정 하나 변하지 않았다.

도리어 흐뭇한 표정으로 말했다.

"저 매는 강남 사도련에서 빌려 온 것입니다. 비둘기는 거들떠보지도 않고 제 갈 길을 가는 것이 신기하지 않습니까?"

"그래, 신기하구나. 그런데 비둘기는 방향을 잃고 뿔뿔이 흩어졌구나, 아우야."

"그게 제가 바라던 바입니다."

"바라던 바라고? 목표를 잃고 저렇게 뿔뿔이 흩어지는 것이 네가 원하던 바라는 것이냐?"

"저렇게 흩어지게 되면 목적지에 도달하는 비둘기도 있을 테고, 잡혀서 전서를 도둑맞을 놈들도 있을 테지요."

"그래, 내 말이 그 말이다. 그런데 그게 네가 바라는 것이냐?"

"네, 맞습니다."

"헉, 그게 진짜 네 의도란 말이냐?"

팽혁빈의 눈이 커지자 한빈이 고개를 끄덕였다.

"그래야 소문이 빨리 퍼지니까요."

한빈이 의미심장한 웃음을 지었다.

그 웃음에 놀란 팽혁빈이 물었다.

"그럼 저 전서구들은 무엇이냐?"

"아까 말씀드렸듯이 뒤통수가 근질거려서 저도 이제부터 바둑돌을 놓으려고 합니다."

"바둑돌이라……."

"때로는 아무 뜻 없이 던진 돌에 적이 죽는 법이지요."

"그건 적이 아니라 개구리가 아니더냐?"

"그냥 적이라고 해 두죠. 그게 편할 것 같습니다. 어쨌든 돌을 던졌으니 누군가 맞겠죠."

"그 누군가라는 것이……."

"저도 모릅니다. 저희를 지켜보는 자들이겠죠. 무당산에 함정을 파 둔 자들도 포함해서 말이죠."

"그럼 저 전서구가 옮기는 게 네가 던진 돌이라는 건

데……. 대체 내용이 무엇이냐?"

"지금부터 말씀드리겠습니다."

한빈은 말을 끊고 뒤쪽을 바라봤다.

그곳에는 모두가 눈을 빛내고 있었다.

주변을 쓱 훑어보던 한빈은 세 명의 각주들에게 시선을 보냈다.

한빈은 세 명의 각주를 보며 의미심장한 웃음을 지었다.

"이쪽으로 오시지요, 세 분 각주님들."

손짓하는 한빈을 본 각주들이 달려왔다.

사사―삭.

바로 앞인데도 구걸십팔보를 펼치며 달려오는 세 명의 각주.

이것은 세 걸음 이상은 뛰라고 한 한빈의 지시 때문이었다.

어떤 상황에서도 한빈의 지시를 잊지 않는 세 명의 각주는 군기의 표상이었다.

물론 이것은 한빈을 제외한 나머지 사람들의 생각이었다.

한빈은 그들의 모습이 너무 당연하다고 생각했다.

그리고 그들의 지금 걸음을 흡족하게 바라봤다.

한빈의 계획은 그들의 걸음걸이, 즉 구걸십팔보의 성취와 밀접한 관련이 있었다.

각을 잡은 세 명의 각주를 흐뭇한 눈으로 바라보던 한빈이 손가락을 튕겼다.

순간 부드러운 바람이 불어왔다.

사삭.

이번에는 청화가 한빈의 옆에 섰다.

청화는 조용히 보따리를 들고 한빈을 바라봤다.

그녀의 손에는 세 개의 보따리가 들려 있었다.

하나는 적색, 하나는 청색이었다.

그리고 나머지 하나는 흰색이었다.

각기 다른 세 개의 보따리를 본 악필승은 마른침을 삼켰다.

그중 가장 한빈을 경계하는 것이 바로 악필승이었다.

악필승은 목 뒤의 솜털이 바싹 섰다.

뭔가 안 좋은 일이 일어날 것만 같았기 때문이다.

악필승은 숨을 멈췄다.

그와는 달리 나머지 두 명의 각주는 고개만 갸웃하고 있었다.

일단 악필승은 살짝 뒤로 물러선 상태.

주작각주 가기군이 한 발 앞으로 나와 조심스럽게 물었다.

"이게 뭡니까? 사 공자님."

"주작각주님은 어떤 색을 원하십니까?"

"네?"

"셋 중 어떤 색을 원하시는지 말해 보십시오."

"자, 잠시만 기다리십시오. 저게 뭐기에 선택을 하라고……."

"일단 말씀해 보십시오. 최대한 맞춰 드리겠습니다."

한빈이 사람 좋은 얼굴로 보따리를 가리켰다.

그 모습에 가기군은 침을 꿀꺽 삼켰다.

갑자기 한빈이 장사꾼처럼 느껴지는 가기군이었다.

가기군이 궁금한 것은 보따리의 정체였다.

그다음 궁금한 것은 왜 자신들을 불렀느냐 하는 점이었다.

그런데 그 의문에는 답도 해 주지 않고 보따리를 고르라고 하니 누가 봐도 수상했다.

가기군은 슬쩍 눈치를 보며 한 발짝 뒤로 물러섰다.

"나중에 뽑아도 되겠습니까?"

"그럼 남은 게 주작각주 차지가 될 텐데 괜찮겠습니까?"

"자, 잠시만 기다리십시오. 사 공자님!"

가기군이 손을 흔들며 주변의 눈치를 봤다.

그는 평생 정보 수집을 해 왔다.

이런 상황이 아예 낯설지는 않았다.

저 보따리를 선택하지 않는 선택지는 없다는 것을 알고 있었다.

어찌 보면 저 보따리가 자신의 운명을 결정할지도 몰랐다.

지금 그에게 필요한 것은 정보였다.

모두는 목을 길게 빼고 지금의 상황을 지켜보고 있었다.

표정을 보니 이 상황을 아는 자는 아무도 없는 것 같았다.

가기군은 다시 고개를 돌려 청화를 바라봤다.

보따리를 바닥에 내려놓은 청화는 해맑은 표정으로 떡을 한 입 베어 물었다.

행복한 듯 오물거리는 청화였다.

그녀의 표정은 아무리 봐도 읽히지 않았다.

가기군이 천천히 손을 뻗으며 한빈의 눈치를 봤다.

한빈의 표정을 보고 보따리를 선택하려고 했다.

흰색으로 향하던 손을 가운데 있는 청색 보따리로 바꾸어 봤다.

하지만 한빈은 표정의 변화가 없었다.

대신 청색 보따리를 발로 툭 찼다.

가기군은 자신도 모르게 청색 보따리를 잡았다.

한빈이 사람 좋은 얼굴로 말했다.

"주작각주는 뒤로 물러나 주세요."

"알겠습니다."

주작각주 가기군이 청색 보따리를 들고 뒤로 물러나자, 순간 여기저기서 탄성이 흘러나왔다.

가기군이 적혈맹호대의 옆을 지나칠 때였다.

조호가 옆을 보며 낮은 목소리로 말했다.

"주작각주님이 청색 보따리를 잡았어요. 주작각주님은 정보에 능하시니 저게 가장 좋은 보따리일 거예요."

"조호야, 너는 인생을 헛살았구나. 강호에서는 정보보다는 운이 운명을 좌우할 때가 있단다."

그들의 목소리에 주작각주 가기군이 고개를 돌렸다.

"흠."

헛기침한 주작각주 가기군은 조호를 쏘아봤다.

그 모습에 조호가 손을 흔들며 말했다.

"놀리려고 한 게 아니에요, 주작각주님."

"아무리 봐도 구경거리가 된 것 같구나. 이건 무슨 옛날 이야기에서 나오는 장면 같아서 등골이 서늘하기도 하고 말이다."

"어떤 옛날이야기요?"

"그런 얘기가 있지 않으냐? 서생이 산길을 가는데 나무 위에서 머리카락이 내려오더니 빨간 보따리를 줄까, 파란 보따리를 줄까 했다는 그런 얘기 말이다."

가기군은 조호와 말을 섞으며 긴장이 풀렸는지 옅은 미소를 지었다.

그때 조호가 보따리를 가리켰다.

"일단 풀어 보시는 게 좋지 않겠어요? 각주님."

"공자님의 명이 없었는데……."

"주군이 각주님께 준 거잖아요."

"그럼 어디 풀어 볼까?"

가기군은 보따리의 매듭을 풀기 시작했다.

옆에 있는 조호가 아무렇지 않게 지켜보자 가기군도 호기심이 동했다.

처음에는 자신의 신변에 막대한 영향을 미칠 물건이라고 생각했다.

그런데 지금은 그 물건이 기연일 수도 있겠다는 생각이 들었다.

보따리를 풀고 난 가기군은 고개를 갸웃했다.

안쪽의 내용물은 그가 익숙하게 봐 왔던 물건들이었다.

평범한 옷가지와 변장용 도구들, 그리고 한 장의 지도가 들어 있었다.

변장용 도구가 평범하다면 다소 이상할 수도 있지만, 정보를 수집하는 가기군은 그 도구들이 낯이 익었다.

소싯적에는 일선에서 뛴 적이 있는 가기군이었기 때문이었다.

그때 뒤쪽에서 웅성거리는 소리가 들려왔다.

그중 가장 귀에 잘 들어오는 것이 심미호의 목소리였다.

"와, 담천호 각주가 적색을 뽑았어. 왠지 남은 흰색이 꽝 같은데?"

"인생사 새옹지마라는 말이 있지 않습니까? 꽝이 적색일 수도 있고 청색일 수도 있는 법이지요."

"흠, 그건 장삼의 말이 맞아."

"감사합니다, 부대주."

그들의 말에 가기군은 눈을 가늘게 뜨고 다른 각주를 바라봤다.

악필승은 흰색 보따리를 들고 있었고 담천호는 적색 보따리를 들고 있었다.

보따리를 들고 있는 각주들의 표정도 제각각이었다.

적색 보따리를 든 담천호는 입가에 미소를 띠고 있었다.

마치 자신이 뽑은 적색 보따리가 최고의 기연을 담고 있다는 표정이다.

반면 청색 보따리를 뜬 가기군은 의심 가득한 눈으로 자신의 손을 바라보고 있었다.

선택은 했지만, 확신은 못 하는 것이다.

그것은 그의 업무와도 밀접한 관계가 있었다.

한 조직의 정보를 다루는 것에 있어 가장 기본적인 감정이 바로 의심.

손에 들어온 정보라도 끊임없이 의심해야 하는 것이 주작각의 책임자가 가져야 할 기본적인 자세였다.

과연 자신의 선택이 옳았을까?

물론 선택이란 건 애초에 없었다.

눈치를 보며 선택하려고 했는데 한빈이 발로 차서 보따리를 건넸기 때문이다.

청색 보따리를 든 가기군은 괜히 아직도 의심 가득한 눈초리를 하고 있었다.

물론 악필승은 마치 뜨거운 감자를 입 속에 넣은 듯 어쩔 줄 모르고 있었다.

악필승은 본능적으로 이게 복(福)이 아닌 화(火)라는 것을 느낄 수 있었다.

그것은 한빈의 웃음 때문이었다.

저 미소를 보일 때면 그에게 불행한 일이 일어났다.

연무장에서 머리를 박을 때도 그랬고.

천수장에 끌려갈 때도 그랬다.

물론 '악'이라고 구령을 붙이는 바람에 이곳에 동행했을 때도 마찬가지였다.

그때였다.

한빈이 포근한 미소와 함께 외쳤다.

"각주들은 보따리에 든 의복으로 환복하십시오! 차 한 잔마실 시간을 주겠습니다."

"환복이라니, 그게 무슨 말씀입니까?"

가기군이 눈을 크게 뜨고 묻자, 한빈이 보따리를 가리켰다.

"벌써 확인하지 않았습니까? 보따리에 옷을 넣어 놓을 이유가 뭐가 있겠습니까? 당연히 갈아입으라고 넣어 둔 것이죠."

"아……."

"시간이 얼마 남지 않았습니다."

한빈의 말에 가기군이 답했다.

"존명."

그 뒤를 이어 구령이 튀어나왔다.

"악!"

그것은 악필승이었다.

천수장에서의 훈련이 끝났지만, 긴장하면 나오는 구령이었다.

그들은 재빨리 자리를 옮겼다.

그들이 보따리를 들고 갈아입기 위해 자리를 피하자, 주변은 웅성대기 시작했다.

이제까지 가만히 보고 있던 현문도 고개를 갸웃했다.

"대체 저게 어떻게 된 일인가? 팽 공자가 뭘 하려고 하는 거지?"

"저도 모릅니다. 그런데 어르신은 팽 공자한테 직접 물어보시면 될 걸……."

광개가 눈을 가늘게 뜨자 현문이 말했다.

"더는 빚을 질 수 없네."

"빚이라니요? 팽 공자와 어르신도 끈끈한 계약서로 묶이지 않았습니까?"

"계약서 따위가 문제가 아니라네. 나는 조금 더 큰 빚을 졌지, 허허."

현문이 허허롭게 웃자 광개가 입맛을 다셨다.

개방도 특유의 촉이 발동했기 때문이다.

계약서보다 더 *끈끈한* 관계라니…….

광개가 생각하기에 그런 관계는 존재하지 않았다.

한빈과의 관계에서 계약서보다 우선시되는 연결 고리는 있을 수 없었다.

물론 현문이 말한 빚이라는 것은 한빈 덕에 깨달음을 얻은 것이었다.

현문은 이번 일이 끝나면 무당으로 돌아가 폐관에 들 생각이었다.

그 깨달음을 정리한다면 무당의 무학은 중원의 최고로 우뚝 설 것이다.

현문은 추룡산맥에서 한빈 덕분에 만류귀종의 깨달음을 얻긴 했지만, 아직 정리는 못 한 상태였다.

그 깨달음을 펼칠 여력이 남아 있지 않았다는 게 중요했다.

그는 이번 기회를 통해 깨달음을 얻는다는 것과 그것을 행할 수 있다는 것은 다르다는 것을 알았다.

그것 또한 깨달음일 터.

현문에게 아쉬움은 없었다.

거기에 미래에는 갚아야 할 빚이 더욱 늘어날 터였다.

사형을 위기에서 구할 것이 분명했기에 한빈에게 입은 은혜는 늘어날 것이 확실했다.

이제는 더는 빚을 져서는 안 된다는 것이 현문의 생각이었다.

물론 광개의 생각은 달랐다.

빚이라는 단어보다는 '조금 더 큰'이라는 말에 신경이 쓰였다.

한빈은 개방이 주시하고 있는 인물이었다.

또한 사파와 정파의 연결 고리이자 동시에 모든 정보가 지나가는 통로였다.

그것이 바로 개방이 바라보는 한빈의 가치였다.

사실 홍칠개가 한빈의 오성에 탄복해서 제자로 삼았을 때 개방의 분위기는 완전히 초상집이었다.

무제자라는 별호까지 얻을 정도로 홍칠개의 눈은 깐깐했다. 그 깐깐한 눈은 개방의 자랑거리였다.

그런데 하북팽가의 겁쟁이를 제자로 들였으니, 개방의 수뇌부는 명예가 실추되었다고 생각했다.

하지만 그 후 연달아 터지는 사건의 중심에는 한빈이 있었다.

거기에 더해 한빈이 개방에 흘린 이권만 해도 어마어마했다.

개방이 거지들의 집단이기는 해도 수뇌부는 만일을 대비해서 비자금을 지니고 있어야 했다.

가끔은 거지들에게 하늘이 무너지는 것 같은 상황이 닥친다.

예를 들어 수해가 난다든지 가뭄이 계속되는 상황 말이다.

무공을 아는 거지들은 어디든 빌붙어서라도 그 위기를 넘길 수 있었다.

하지만 무공을 모르는 거지들은 살아날 방법이 없다.

그때를 위해서라도 개방의 수뇌부는 그들의 목숨을 연명할 자금을 마련해 둬야 했다.

말은 거창하게 비자금이라고 했지만, 한마디로 입에 풀칠할 돈이었다.

물론 중원의 거지들이 입에 풀칠할 돈이라면 큰돈이 필요했다.

그런 이유로 개방의 수뇌부는 유난히 돈을 밝힌다.

홍칠개도 그중 하나였다.

그 돈에 대한 갈증을 풀어 준 것이 바로 한빈이었으니, 날마다 업고 다니라고 해도 들어줄 것이었다.

뭐, 한빈이 마다할 테지만 말이다.

그런데 묘하게 무당과 더 친한 것처럼 보이자 광개는 자신도 모르게 질투심을 피워 냈다.

물론 질투심을 겉으로 표현할 만큼 바보는 아니었다.

질투심 대신에 반짝이는 눈으로 한빈의 옆에 다가갔다.

"팽 공자, 목이 컬컬하지 않나? 이것 좀 들지 않겠나? 그리고 말도 전처럼 편안히 하지. 갑자기 요즘 들어 서먹해진 느낌도 들고……."

"갑자기 친한 척하고 그러지? 왠지 수상한데?"

"우리 사이에 수상할 게 뭐가 있다고 그러나? 앞으로 더 친하게 지내자는 의미지."

"혹시 술병 안에 침 뱉은 거 아니야?"

"허허, 무슨 그런 벼락 맞을 소리를……."

"됐고, 일단 내가 부탁한 것만 좀 잘 처리해 줘."

"허허, 알았네. 친구."

이제는 호칭까지 바꾸는 광개의 모습에 한빈은 의심의 눈빛을 지우지 않았다.

그때였다.

적혈맹호대 대원들이 웅성대기 시작했다.

변복한 세 명의 각주를 보고 놀랐기 때문이었다.

조호가 고개를 갸웃하며 작게 속삭였다.

"장삼 아저씨, 저 모습 어디서 많이 본 것 같지 않아요?"

"흠, 어디서 봤더라……. 저 복장은 눈에 익긴 한데."

"저도 분명히 본 것 같기는 한데……."

그들은 미간을 좁히며 기억을 떠올리려고 애썼다.

그때였다.

장자명이 그들의 대화에 끼어들었다.

"저거 하남정가에서 봤잖습니까?"

"하남정가에서라면……."

"청운사신이요. 저 푸른 도포 자락 하며, 닳고 닳아서 누더기가 된 저 소맷자락도 그렇고 그때 본 복장이 분명합니다."

"아, 맞아요. 청운사신."

조호가 손뼉을 치자 장삼이 다른 쪽을 가리키며 말을 이었다.

"그럼 저건 혹시……."

"적룡대협의 복장이겠죠."

장자명이 다른 쪽을 가리켰다.

그의 말에 장삼이 손뼉을 치더니 엄지를 들어 올렸다.

"역시 장 의원의 기억력은 최고입니다."

"별말씀을요."

"그런데 저 하얀색 옷은 누구의 복장이죠?"

"글쎄요. 저 하얀색 옷은 처음 봅니다. 아니, 어디서 본 것 같기도 하고……."

장자명이 고개를 갸웃했다.

지금 말한 하얀색 옷은 악필승이 갈아입고 온 옷이었다.

하얀색에 황금색 실선이 지나가는 것이 꽤 고급스럽게 보이는 복장이었다.

조호가 각주들을 가리키며 말을 이었다.

"굉장히 불편해 보이시는데요."

"그러게. 꼭 안 맞는 옷을 입은 것 같네."

장삼도 맞장구쳤다.

그들의 말대로 각주들은 안 맞는 옷을 입은 것처럼 불편해했다.

사실 옷은 최고급 포목점에서 맞춘 것처럼 몸에 딱 맞았다.

그런데 마음이 불편했다.

이 옷을 왜 입혔는지 하는 점이 가장 큰 의문이었다.

당당하던 담천호도 눈에 띄는 붉은색 옷이 상당히 신경 쓰였다.

보따리를 풀어 보기 전까지는 영약이라도 들어 있을까 기대하고 있던 그였다.

하지만 보따리 안에는 가기군의 말대로 옷가지와 변장용 도구들만 들어 있었다.

물론 지도도 있었다.

불편한 기색을 겨우 숨긴 담천호가 한빈의 앞에 섰다.

다른 두 명의 각주들도 한빈의 앞에 보따리를 들고 섰다.

그들의 보따리에 남아 있는 것은 한 장의 지도와 변장용 도구들이었다.

그때 한빈이 손가락을 튕겼다.

딱!

순간 설화와 청화 그리고 소군이 달려왔다.

설화는 담천호 앞에 섰고 청화는 가기군 앞에 섰다.

그리고 소군은 악필승 앞에 섰다.

셋은 준비가 됐다는 듯 고개를 끄덕였다.

한빈이 만족스러운 표정으로 외쳤다.

"실시!"

"네, 공자님."

설화부터 남은 변장 도구를 들었다.

설화는 가발과 수염으로 담천호의 얼굴을 꾸몄다.

변장용 풀로 표시 안 나게 수염을 붙이고 나니, 담천호는 완벽한 노고수로 보였다.

갑작스러운 상황에 담천호의 눈빛이 살짝 떨렸다.

"설화야, 지금 무엇을 하는 것이냐?"

"잠시만요. 각주 아저씨, 변장하는데 말씀하시면 수염이 울어요. 그러니까 질문은 나중에 해 주세요."

"……"

담천호는 질문도 제대로 하지 못했다.

물론 다른 이들의 사정도 마찬가지였다.

각주들을 제외한 나머지 사람들은 설화와 청화 그리고 소군의 손재주에 탄복했다.

눈 깜짝할 사이에 변복이 끝났다.

젊은 각주 대신 그 자리에는 세 명의 노인이 서 있었다.

한빈은 그들에게 다가가 마지막으로 눈을 빛냈다.

그러곤 흐트러진 곳이 있으면 직접 변장을 다듬어 주었다.

마지막 점검이 끝나자 한빈은 낮은 목소리로 말했다.

"지금부터 세 분은 보따리에 남아 있는 지도를 외우십시오."

"존명!"

담천호는 일단 외치고 지도를 살폈다.

가기군도 마찬가지였다.

악필승도 지도를 외우기 시작했다.

지도를 본 악필승은 고개를 갸웃했다.

지도에는 자신이 거쳐야 할 경로가 상세히 나와 있었다.

그리고 가면서 해야 할 일도 적혀 있었다.

중요한 것은 만나야 할 사람이었다.

지도를 외우던 악필승의 어깨가 가늘게 떨렸다.

만나야 할 사람이 자신이 감당할 수 있는 사람이 아니었다.

만날 수 있을지도 의심스러웠다.

악필승은 조용히 한빈을 바라봤다.

그 표정에 한빈이 작게 말했다.

"저는 악필승 각주를 믿습니다. 그리고 잘해 주리라 믿습니다."

"제, 제가 어떻게 소림의 일지대사를……."

악필승은 말을 잇지 못했다.

그의 이름을 입 밖으로 내도 되는지 확신이 들지 않아서였다.

말끝을 흐린 그는 재빨리 주변을 둘러봤다.

그의 예상대로 모두가 입을 쩍 벌리고 있었다.

예상 못 한 인물의 이름이 나왔기 때문이다.

그 모습에 한빈이 말했다.

"편하게 말해도 됩니다."

"네, 제가 어떻게 무림의 삼존 중 한 명을 뵐 수 있겠습니까?"

악필승의 말에 주변 사람들이 고개를 끄덕였다.

십대세가의 각주이기는 해도 구파일방의 최고 세력이라 할 수 있는 소림사였다.

그런 소림사의 일지대사를 만난다라?

황궁의 위치를 가르쳐 줄 테니 황제와 만나고 오라고 하는 것과 다를 바가 없었다.

황제를 만나려면 거쳐야 할 단계는 과연 얼마나 될까?

당장 황성의 입구에서부터 걸러질 것이었다.

구파일방 중 최고 세력이라는 소림도 마찬가지였다.

고수가 즐비한 소림사에서 일지대사를 대체 어떻게 만난다는 말인가?

어찌 보면 황제를 만나는 것보다 소림의 일지대사를 보는 것이 더욱 힘들 수도 있었다.

악필승이 슬며시 고개를 떨구자 한빈이 말을 이었다.

"그분의 도움이 절대적으로 필요합니다."

"아마 황제를 만나는 게 더 빠를 겁니다. 소림의 방장은 벌써 이 년째 폐관하셨다고 들었습니다. 그리고 그분이 강호에 모습을 드러내지 않은 지 벌써 십 년이 넘었다고 들었습니다. 그런데 어찌 제게 그런 일을……."

"악필승 각주만이 만날 수 있습니다."

"저만 만날 수 있다고요?"

"네, 그렇습니다. 악필승 각주가 아니면 안 됩니다."

"왜 제가 아니면 안 된다고 하시는지……."

"거기 적혀 있는 대로만 하십시오. 잘 보시면 악필승 각주만이 할 수 있는 일입니다."

"……."

악필승은 말없이 지도를 살폈다.

방법이 나와 있긴 했다.

그곳에는 소림사의 주요 인물들에게 바쳐야 할 뇌물들이 빼곡히 기록되어 있었다.

그 뇌물들의 목록을 본 악필승의 표정은 더욱 떨렸다.

그들에게 바쳐야 할 뇌물은 모두 음식들이었다.

그때 한빈이 다시 말을 이었다.

"거기 나와 있는 방법대로 할 수 있는 사람은 악필승 각주가 유일합니다."

"그야……."

악필승은 다시 지도에 나와 있는 방법을 살펴봤다.

지도에 나와 있는 뇌물이란 고기가 들어가지 않은 음식이었다.

자세히 들여다보면 악필승이 자신 있게 만들 수 있는 요리들이었다.

갑자기 자신감이 고개를 쳐들었다.

사 공자에게 자신의 실력을 인정받는 느낌도 들었다.

그것도 잠시, 악필승은 고개를 갸웃했다.

음식을 뇌물로 바치라고?

그럼 무사통과라니!

이건 말도 되지 않았다.

악필승은 한빈이 소림사를 너무 만만히 본다고 생각했다.

차라리 금은보화를 뇌물로 바치면 모를까?

아무리 봐도 이것들만 가지고 될 일이 아니었다.

악필승이 살짝 고개를 떨구니 한빈이 말했다.

"제가 악필승 각주를 믿는 만큼, 각주도 자신에게 믿음을 가졌으면 합니다."

한빈이 사람 좋은 얼굴로 악필승의 어깨를 토닥였다.

악필승을 할 수 없이 고개를 끄덕였다.

"명에 따르겠습니다, 사 공자."

"그럼 부탁하겠습니다."

말을 마친 한빈은 그의 손에서 지도를 빼앗았다.

그러고는 그 지도를 현문에게 넘겼다.

"이 지도를 지워 주시죠, 어르신."

"오호, 내게 부탁하는 것인가?"

얼굴 가득 미소를 피워 낸 현문이 손바닥 위에 진기를 끌어올렸다.

화르륵.

지도는 그의 손바닥 위에서 한 줌의 재가 되었다.

이제 동선과 그의 임무는 한빈과 악필승의 머릿속에서만 존재하는 것이다.

현문이 삼매진화의 수법으로 지도를 태우자 악필승은 이를 악물었다.

왠지 임무를 받는 상황 자체가 경건해 보였기 때문이다.

그와 더불어 가슴속에서 요리에 대한 자존심이 끓어올랐다.

한빈이 자신에게 요구한 것은 무공이 아니었다.

여기에 나와 있는 요리는 악필승이 누구보다 자신 있게 선보일 수 있는 음식들이었다.

일련의 과정이 악필승의 머릿속에 남아 있던 의심을 지운 것이다.

그러나 물러가던 악필승이 멈칫하며 한빈을 바라봤다.

보따리는 분명히 무작위로 고른 것이다.

그런데 어떻게 이렇게 딱 맞는 임무를 맡을 수 있단 말인가?

여기까지 생각하자 악필승은 등에 소름이 돋는 것만 같았다.

그때 담천호가 한 발 앞으로 나왔다.

"지도는 다 외웠습니다. 다른 사람들이 말하는 것을 들어 보니 제가 입은 복장이 진짜 적룡대협과 비슷하다고 하는데, 정말입니까?"

악필승은 눈짓으로 장삼과 조호가 있는 쪽을 가리켰다.

한빈이 웃었다.

"비슷한 게 아니라 똑같은 복장입니다."

"흠, 제가 왜 이 복장을 했는지 알고 싶습니다."

"강호인들이 가장 흥미를 끌 만한 인물이 누군지 아십니까?"

"그건⋯⋯."

담천호가 말끝을 흐리자 한빈이 빙긋 웃었다.

"바로 현 강호의 신진 영웅 중 양대 산맥이라고 할 수 있는 적룡대협입니다. 적룡대협은 영단산에서 사파인들을 구하며 떠오른 영웅이지요. 거기에 더해 외모도 출중하다고 전해집니다. 그 인품은 어떠한가요? 그리고⋯⋯."

한빈은 적룡대협에 대한 칭찬을 늘어놓았다.

얼마나 빠르고 신속 정확하게 칭찬을 늘어놓는지 남들이 보기에는 한빈의 입에서 물레방아가 돌아가는 듯 착각할 정도였다.

물론 조용히 뭔가를 받아 적고 있는 사람도 있었다.

그것은 설화였다.

설화는 몰래 한빈의 말에서 핵심만을 뽑아서 적었다.

그녀가 적은 것은 적룡대협의 칭찬이 아니었다.

간단하게 자화자찬이라고 적혀 있었다.

설화는 표정 하나 바뀌지 않고 자화자찬을 하는 한빈의 모습이야말로 본받아야 한다고 생각했다.

물론 설화의 이런 속마음을 아는 이는 없었다.

그때 담천호가 고개를 끄덕였다.

"그건 저도 동감합니다. 비록 사파의 영웅이라고 하지만 저도 적룡대협을 존경하고 있으니까요."

"그렇죠. 그래서 담천호 각주를 적룡대협으로 꾸민 겁니다."

"아무리 생각해도 이해가……."

"처음 출발할 때 저는 모두에게 한 가지 중요한 정보를 주었습니다. 그건 바로 우리가 정체 모를 적과 싸울 수 있다는 말이었습니다. 그리고 그 적은 우리의 적일 뿐만 아니라 강호인 모두의 적일 수 있다고 했습니다."

한빈의 말에 담천호가 반사적으로 고개를 끄덕였다.

떠나오면서 한빈이 했던 말이었다.

그래서 무당으로 향하는 한 걸음 한 걸음에 사명감을 느꼈던 것이었다.

물론 한빈이 베푸는 기연도 한몫했지만 말이다.

담천호는 의문이 풀리지 않는 듯 입술을 달싹였다.

그는 세 명의 각주 중에서도 가장 직설적인 인물이었다.

담천호는 못 참겠다는 듯 말을 이었다.

"적과 싸우는 것과 적룡대협의 복장이 무슨 관계가 있습니까? 사 공자님."

"뭐, 이유는 간단합니다. 만약에 적이라면 누굴 가장 경계하겠습니까?"

"사 공자가 말씀하고 싶으신 게……."

"네, 맞습니다. 떠오르는 영웅을 가장 경계하겠지요. 적룡대협의 복장을 하고 지도에 적힌 곳으로 향하면 적들이 현무각주를 쫓을 겁니다. 물론 이건 제 추측입니다. 그래도 적의 이목 정도는 끌 수 있을 겁니다."

"그런데 적룡대협은 죽었다는 소문이 파다하지 않습니까?"

"영단산에서도 죽었다는 소문이 있었죠. 하지만 그다음에 여기저기서 나타나지 않았습니까? 그리고 죽었다는 소문은 어찌 보면 기회입니다. 죽은 자가 깨어났으니 강호의 이목이 쏠리겠지요."

"그럼 제 역할은 무엇입니까?"

"시선 분산입니다."

"흠."

"지금의 구걸십팔보의 수준과 추룡산맥에서 얻은 깨달음이면 아마도……."

한빈은 말끝을 흐리며 담천호를 바라봤다.

머리부터 발끝까지 훑어보는 모습이 마치 그의 경지를 평가하려는 것 같았다.

매의 눈으로 담천호를 바라보던 한빈이 말을 이었다.

"도망치려고 마음만 먹는다면 누구도 잡을 수 없을 겁니다. 하지만 맞서 싸운다면 살아남을 확률은……."

한빈이 다시 말끝을 흐렸다.

담천호는 마른침을 꿀꺽 삼켰다.

한빈의 말 한마디는 이제까지의 고생에 대한 성적표였다.

물론 다른 이들도 마찬가지였다.

한빈의 입이 다시 열리기만 기다리고 있었다.

이제는 주변의 풀벌레들까지 소리를 죽이는 듯했다.

고요함이 절정에 달했을 때 한빈이 입을 열었다.

"삼 할입니다."

"헉, 지금 삼 할이라고 하셨습니까?"

"그렇습니다."

"그건 조금……."

무인에게 삼 할이라는 숫자는 자존심에 상처가 될 만했다.

담천호는 자신이 잘못 들었다고 생각하고 다른 사람들의 표정을 살폈다.

순간 담천호의 눈이 커졌다.

적혈맹호대 대원들이 적잖게 놀라고 있어서였다.

그들 대부분은 실망의 눈빛이 아닌 경탄의 눈빛을 보내고 있었다.

그들의 시선을 보면 대충 '현무각주가 저 정도였어?' 하는 말을 하는 것 같았다.

자존심에 금이 갈 정도의 숫자인데 저렇게 탄성을 내지르고 있으니 담천호는 의아할 수밖에 없었다.

그때 한빈이 말을 이었다.

"현무각주는 화경의 고수와 맞짱 뜨면 살아남을 자신이 있습니까?"

"네?"

담천호가 눈을 크게 떴다.

갑자기 날아온 직설적인 질문이었다.

한빈이 다시 말을 이었다.

"아마 불가능할 겁니다. 나는 그 확률을 삼 할로 보고 있는 겁니다."

"화경의 고수라니……."

"강호에는 말입니다, 주변에 널린 고수들이 생각보다 많습니다."

말을 마친 한빈은 조용히 검을 뽑았다.

스릉.

햇빛을 받은 월아가 부끄럽게 검신을 드러내자 모두가 탄성을 토해 냈다.

월아가 아름다워서는 아니었다.

한빈이 검을 뽑는 모습에서 현기가 느껴졌기 때문이다.

월아를 뽑은 한빈은 빠르게 구걸십팔보를 펼쳤다.

눈 깜짝할 사이에 한빈은 스무 걸음 정도 떨어진 바위 앞에 도착했다.

한빈은 조용히 진룡파혼검을 떠올렸다.

한빈의 의도는 현재 그들의 무공 수준을 깨닫게 하려는 의도였다.

사실 진룡파혼검은 화경의 초식이라고 볼 수는 없었다.

하지만 한빈의 용린검법 중 가장 화려한 초식이었다.

그런 면에서 진룡파혼검은 딱 적당한 초식이었다.

순간 한빈을 중심으로 풀잎이 퍼져 나가기 시작했다.

퍽!

포대 자루를 던지는 듯한 소리와 더불어 모두의 눈이 한계까지 커졌다.

한빈의 앞에 있었던 바위가 흔적도 없이 사라진 것이다.

동시의 한빈의 신형이 사라졌다.

사사—삭.

담천호의 눈이 커졌다.

한빈이 숨겨 놓은 힘이 있을 것이라고는 생각했지만, 이런 경지를 생각한 것은 아니었다.

저런 초식은 듣도 보도 못했다.

정확히 경지를 논할 수도 없었다. 자신의 눈높이로는 평가할 수 없는 무위였다.

그때였다.

담천호의 어깨에 가벼운 촉감이 느껴졌다.

고개를 돌려 보니 한빈이 사람 좋은 얼굴로 그의 어깨를 토닥이고 있었다.

담천호가 놀란 듯 입을 벌리자 한빈이 포근한 표정으로 말을 이었다.

"피하실 수 있겠습니까?"

"……."

담천호는 한빈이 무엇을 말하려는지 알 수 있었다.

한빈의 경지를 논할 수 없지만, 확실한 것이 한 가지 있었다.

그것은 한빈이 마음만 먹으면 그의 목을 언제든 벨 수 있다는 말이었다.

아군이 아니라 적이었다면…….

그의 목은 벌써 바닥에 나뒹굴었을 것이다.

담천호가 겨우 표정을 수습했을 때 한빈이 말했다.

"삼 할이면 제법 높이 평가한 겁니다."

"알겠습니다."

"이 임무에는 판단이 중요합니다. 저는 담천호 각주의 판단을 믿습니다. 어떤 일이 있어도 무사히 살아서 무당에서 만나리라 봅니다."

"지시에 따르겠습니다. 반드시 돌아오겠습니다."

"이 일이 끝나면 제가 말한 확률이 아마 오 할 정도로 올라갈 겁니다."

한빈의 말에 담천호가 어색하게 웃었다.

화경의 고수를 적으로 만나서 살아남을 확률이 오 할이라?

이건 기연이 있어야 가능한 일이다.

화경을 눈앞에 둬야 가능한 일일지도 몰랐다.

담천호가 포권하며 물러섰다.

그때 가기군이 떨리는 목소리로 물었다.

"사, 사 공자. 혹시 제 복장은 청운사신의 복장입니까?"

"역시 주작각주님이십니다. 안목이 날카롭군요."

한빈이 그 어느 때보다 의미심장한 웃음을 지었다.

불길한 예감이 한계까지 다다른 가기군이 손이 있는 지도를 다시 보며 말했다.

"제 역할도 비슷한 겁니까?"

대답을 기다리는 가기군은 한빈을 바라봤다.

그의 표정은 어느 때보다 진지했다.

천수장에서 훈련했을 때보다도.

독각서우와 마주했을 때보다도, 그는 긴장한 모습이었다.

세 명의 각주와 한빈의 대화를 바라보는 다른 이들의 모습도 비슷했다.

각주들에게 이상한 훈련을 시킨다 싶었는데, 지금 보니 그럴 만한 이유가 있었던 것이다.

청운사신과 적룡대협이라?

그 위명에 걸맞은 적이라면 언제 어디서든 화경의 고수가 튀어나와도 이상하지 않았다.

그렇다면, 한빈이 앞서 말한 삼 할이라는 확률도 크게 잡은 것일 수도 있었다.

그 상황을 누구보다 더 잘 알고 있는 것은 정보를 담당하며 수많은 가문 및 문파와 눈치 싸움을 해 왔던 가기군이었다.

가기군은 마른침을 삼키며 조용히 한빈의 표정을 살폈다.

지금 상황을 지켜보던 설화와 청화도 궁금한 듯 목을 길게 빼고 있었다.

모두의 뜨거운 시선에도 한빈이 아무렇지 않게 말했다.

"기본적인 방향은 맞습니다."

한빈이 고개를 끄덕이자 가기군은 의문 가득한 표정으로 말을 이었다.

"그렇군요."

"하지만 가 각주에게는 몇 개의 임무가 더 있습니다."

"제가 비밀……."

가기군은 말끝을 흐리며 주변의 눈치를 살폈다.

그 모습에 한빈이 웃었다.

"네, 비밀 임무가 맞습니다. 그래야 팽가의 주작각주답지 않겠습니까? 주작각주는 머리를 써야 하는 임무가 적당하겠지요. 그리고 현무각주는 무공을 써야 하는 임무가 어울릴 것이고요. 물론 조향각주님은 요리라는 특기가 어울리겠지요. 지도의 뒤편을 보십시오."

"지도의 뒤라고요?"

고개를 갸웃한 가기군은 손에 든 지도를 뒤집었다.

그러고는 눈을 크게 떴다.

한빈의 말대로 지도에는 그의 임무가 적혀 있었다.

눈을 가늘게 뜬 가기군은 지도를 외우기 시작했다.

시간은 오래 걸리지 않았다.

가기군은 결연한 표정으로 지도를 한빈에게 건넸다.

이번에도 현문의 손에 들어간 지도는 순식간에 재가 되었다.

이제 임무를 수여하는 과정은 모두 끝났다.

한빈은 팽혁빈에게 눈짓했다.

신호를 받은 팽혁빈이 외쳤다.

"모두 잔에 술을 채워라!"

그의 말에 모두의 손이 바삐 움직였다.

착. 착.

그들은 마치 발검을 하듯 술잔을 들었다.

그들은 뜨거운 태양 아래서 잔을 든 채 대공자 팽혁빈의 말을 기다렸다.

팽혁빈이 굵직한 목소리로 외쳤다.

"강자!"

"지존!"

모두가 하나가 되어 뒷말을 외쳤다.

팽혁빈이 다시 외쳤다.

"팽가!"

"무적!"

말을 마친 그들은 약속이나 한 듯 술잔을 비웠다.

이제 그들의 출정식이 끝난 것이다.

가문의 밖이었지만, 목숨을 걸고 임무를 받은 세 명의 각주에 대한 예의를 지키기 위함이었다.

술을 비운 가기군이 조용히 한빈을 바라봤다.

그 시선에 한빈이 물었다.

"궁금한 게 있으십니까?"

"보따리를 받고 내내 궁금했던 점이 있습니다."

"그게 무엇이지요?"

"보따리의 색은 무작위가 아니었습니까?"

"이건 비밀인데 주작각주님께만 특별히 말씀드리겠습니다. 잠시……."

한빈이 눈짓하자 가기군이 상체를 기울였다.

가기군이 호기심에 눈을 빛내자, 한빈이 속삭였다.

"현무각주는 원래 붉은색을 좋아합니다."

"네?"

"모르셨습니까?"

"몰랐습니다. 주작각주인 저도 모르는 걸 어떻게 사 공자께서 아셨습니까?"

"그야 관심이 있으니까요."

"관심이 있다는 건……. 계속 저희를 지켜보고 계셨다는 말씀입니까?"

"그것도 맞는 말씀입니다. 그런데 왜 표정이……."

"부처님 손바닥 안에서 뛴 것 같아서 그렇습니다."

"이제는 주작각주님이 손바닥을 펼칠 차례이지요."

"아, 알겠습니다."

주작각주 가가군이 눈을 빛냈다.

그는 자신이 가문의 모든 것을 안다고 생각했다.

가문의 모든 이의 강점과 약점을 자신이 틀어쥐고 있다고 생각했었다.

그런데 그건 자신의 자만인 것 같았다.

그조차도 몰랐던 사실을 사 공자는 모두 꿰고 있었다고 생각하니 등에 소름이 돋았다.

청색 보따리를 차서 잡게 만든 후.

현무각주는 당연히 적색 보따리를 잡을 것이고.

당연히 남은 하얀색 보따리는 조향각주에게 돌아가게 설계했다니!

만약에 무작위가 아닌 사 공자가 임의대로 임무를 분배했다면?

아마도 이렇게 수긍하지는 않았을 것이다.

자신이 뽑은 보따리와 연관된 임무이기에 현무각주나 조향각주가 아무 말도 못 하는 것이다.

이렇게 임무를 나누어 주니 어떤 불만도 튀어나올 수 없었다.

자신의 운으로 선택한 임무인데 어찌 반발할 수 있으랴!

가기군이 고개를 들고 진지한 표정으로 물었다.

"왜 제게는 모두 말씀해 주시는 겁니까?"

"주작각은 모든 걸 알아야 하니까요."

"……."

가기군은 아무 말도 하지 못했다.

한빈은 지금 그가 맡고 있는 주작각의 위신까지 세워 주고 있었다.

잠시 한빈은 바라보던 가기군이 갑자기 포권했다.

"감사합니다, 사 공자."

"별말씀을요."

한빈이 손을 저었다.

그것을 마지막으로 가기군은 자리에서 떠났다.

임무에 필요한 것은 속도.

구결십팔보도 그냥 준 것이 아니라는 것은 누구보다 더 잘 알고 있던 그는 이를 악물고 속도를 높였다.

자신이 맡은 임무를 완수하기 위해서는 일각이 여삼추라는 것을 알고 있었다.

나머지 각주도 차례대로 행렬에서 멀어져 갔다.

적혈맹호대의 대원들은 멀어져 가는 그들의 모습에 조용히 고개를 끄덕였다.

마치 그들의 마음을 안다는 듯이 말이다.

한편으로 그들의 표정은 경건하기도 했다.

그때였다.

구경꾼처럼 조용히 상황을 바라보던 현문이 한빈의 옆에 쓱 다가왔다.

"흠, 다들 뭔가 놓치고 있는 것 같아서 하는 말인데…….."

"그게 무슨 말씀이시죠?"

"내가 이해가 안 가는 게 하나 있네."

"편안히 물어보시지요, 어르신."

"저들이 이런 복장으로 경로를 따라 강호를 누빈다고 해도 적들이 주목할까?"

"그건 걱정하지 않으셔도 됩니다. 이미 주목하고 있으니까요."

"그게 무슨 말인가? 적들이 어찌 우리를 주시한다는 말인가? 그걸 피하기 위해 추룡산맥을 거쳐 온 것이 아니던가? 팽 공자."

현문이 고개를 갸웃하며 질문을 쏟아 냈다.

물론 다른 이들도 비슷한 표정을 지었다.

생각해 보면 현문의 질문은 타당했다.

갑자기 강호의 이목을 끈다는 것은 현무각주와 주작각주 그리고 조향각주가 노력한다고 해도 불가능한 일이었다.

물론 강호의 영웅이라 할 수 있는 적룡대협과 청운사신으로 변장한다고 하면 이목이야 끌겠지만, 그것도 시간이 걸리는 일이었다.

장기간을 바라보고 펼치는 작전이라고 한다면 이해할 수 있다.

하지만 모든 것은 이곳에 있는 행렬이 무당까지 도착하기 전에 일어나야 할 일들이었다.

심각한 현문의 표정에 한빈이 아무렇지 않게 말했다.

"아까 전서구를 날리지 않았습니까?"

"전서구를 날리기는 했지. 그런데 그게 무슨 상관인가?"

"거기에 청운사신과 적룡대협의 이동 경로가 표시되어 있습니다."

"그게 왜 거기에……."

"이목을 끌려면 그 정도 잡음은 일으켜야지요."

"그럼 세 명 각주의 목숨을 담보로 도박을 한 것이란 말인가?"

"정확히는 저희의 목숨도 포함해서입니다."

"흠."

"강호를 구하는 일입니다. 거기에 어떻게 소홀함이 있겠습니까?"

한빈은 진지한 표정으로 모두를 바라봤다.

눈이 마주친 이들은 숙연한 표정으로 고개를 살짝 숙였다.

물론 한빈의 말은 반 정도만 진심이었다.

한빈의 마음속에는 강호를 구한다는 목적은 뒤의 일이었다.

강호의 평화보다는 뒤통수를 치려는 인간을 지우고 싶은 마음이 강할 뿐이었다.

어차피 유림 서원에서 적의 정체는 이미 알았다.

그들의 이름은 백경.

아마도 그들은 무당에서 함정을 파고 기다릴 것이 뻔했다.

무공으로 그들과 정면에서 부딪친다?

그것은 연무장에서 아무 생각 없이 계란을 허공으로 던지는 것과 같다.

청강석 바닥에 떨어진 계란이 무사할 수는 없는 법이지 않은가?

무당산에 도착할 때까지 그들의 공격을 방어할 수단과 그들의 목덜미에 꽂을 무기를 하나씩 마련해야 했다.

방어할 수단 중 하나는 이미 손에 넣었다.

삼황초가 바로 그 물건이었다.

한빈은 조용히 자신의 목에 건 은빛 구슬을 매만졌다.

＊

그날 저녁.

섬서와 호북을 가로지르는 물줄기인 창천강의 상류.

고개만 돌리면 절경이 펼쳐지기에, 관광지로도 유명한 곳이었다.

또한 도교의 명승지라 불리며 구파일방의 기둥 중 하나인 무당산이 보인다.

창천강은 제법 많은 물고기가 잡히기에, 어업으로도 꽤 유명한 곳이었다.

물론 상류는 물살이 제법 센 관계로 어부나 일반인 모두 기피하는 곳이었다.

그곳 상류에 하얀 배 한 척이 떠 있었다.

세찬 물줄기에도 그 배는 그냥 그 자리에 머물러 있었다.

닻을 내린 것도 아니고 노도 젓지 않는 배가 물살에 영향을 받지 않고 강 한가운데 떠 있는 모습은 마치 그림 속의 한 장면 같았다.

마치 자연의 섭리를 거스르는 듯한 모습에 주변을 지나치는 어부들은 모두 시선을 한 번씩 줬다.

그것도 잠시, 그들은 귀신이라도 본 듯 재빨리 노를 저어 그곳을 빠져나갔다.

물살이 하얀색 배 주변에서는 보이지 않았기 때문이다.

어부들 사이에는 요즘 귀선(鬼船)이 보인다는 소문이 돌고
는 했다.

죽은 사람은 귀신, 침몰한 배는 귀선이라 부른다.

귀선은 삼도천을 건너기에는 아직 사람 숫자가 부족해 나
머지 사람을 태우기 위해 이승을 떠다니는 배였다.

물론 이건 어부들 사이에서 떠도는 전설이었다.

물살이 피해 가는 배가 귀선 말고 또 있을까?

어부들이 겁을 먹은 것은 당연했다.

한편 배 위에서는 멀어지는 어부의 모습을 보며 한 사내가
차향을 음미하고 있었다.

그 사내의 옆으로 흰색 무복의 여인이 다가왔다.

그 여인은 토끼 가면을 쓰고 있었다.

토끼 가면의 여인은 사내에게 서찰 하나를 건넸다.

"도착한 소식이에요."

"수고했다."

사내가 서찰을 뜯었다.

그러고는 서찰을 거꾸로 들고 흰색 탁자 위에 털었다.

툭. 툭.

봉투 안에는 수십 개의 작은 쪽지들이 흘러나왔다.

사내는 쪽지를 하나씩 살피기 시작했다.

쪽지를 살피던 사내는 무료한 듯 하품을 해 댔다.

"역시 별 소식이 없군. 무당의 일만 끝나면 당분간 할 일이 없겠어."

"대의를 준비하셔야죠, 선주님."

여인이 살짝 고개를 조아렸다.

사내는 여인을 보며 고개를 흔들었다.

"그만 가면은 벗지. 답답하게 여기서까지 쓰고 다닐 필요는 없지 않은가?"

"아닙니다. 이렇게라도 해야 제가 돋보이죠."

여인이 웃음 지었다.

가면 때문에 그 웃음이 보이지 않았지만, 그녀의 몸짓이 나타내는 동작들이 그녀가 활짝 웃고 있다는 것을 짐작하게 했다.

이들은 한빈이 한 번 맞닥뜨린 적 있는 백경이었다.

부족의 이름이면서 이 배의 이름이기도 했다.

사내는 이 배의 선주인 백이었다.

그리고 토끼 가면은 한빈과 검을 나눈 고수였다.

그녀의 이름은 초아.

초아가 토끼 가면을 안 벗는 이유는 그녀의 말대로 돋보이려 함이었다.

백경에 탄 이들은 모두가 선남선녀.

아무렇게나 한 명을 딱 집어서 불러내도 강호에서 눈에 띌 외모를 가지고 있었다.

군계일학(群鷄一鶴)이라는 말이었다.

학이 눈에 띄는 이유는 간단하다.

닭 무리에 학이 있기 때문이었다. 그런데 학의 무리라면?

이곳 백경은 학의 무리였다.

초아는 눈에 띄는 학이 되고 싶었다.

학이 아닌 토끼라도 좋았다.

그녀는 이곳에서 돋보이고 싶었다.

그래서 지금도 백학의 무리 중에서 눈에 띄려고 가면을 쓰고 있는 것이었다.

가면이라도 써서 무리에서 눈에 띄려는 초아의 의도는 이제까지 성공적이었다.

남들보다 더 많은 임무를 맡을 수 있었으며 덕분에 많은 공을 세울 수 있었다.

그 결과 그녀는 백의 오른팔로 자리 잡을 수 있었다.

유림 서원의 임무도 그녀가 자청했었다.

그녀는 유림 서원에서 적룡대협을 제거하는 공을 세웠다.

백경에서 그녀의 입지는 점점 탄탄해지고 있었다.

사실 그녀는 백경의 목적은 모른다.

백경의 목적 따위는 그녀와 관계없었다.

최고의 지위에 올라 신선이 되는 무공을 익히는 것이 그녀의 목표였다.

백경의 목적을 모르지만, 그래도 단기적인 목표는 알고 있었다.

바로 백경이 통제할 수 없는 무림 인사를 제거하는 것.

통제할 수 없는 집단 혹은 개인은 없앤다는 것이 백경의 단기 목표였다.

아마도 백경의 먼 훗날의 계획을 위해서일 듯했다.

초아는 그 계획이 뭔지는 모르지만, 끝까지 백경에 충성을 다할 생각이었다.

그녀에게는 오직 인간의 한계를 뛰어넘는 무공만이 중요했으니 말이다.

그 길을 가기 위해서는 많은 임무를 맡아, 빨리 공적을 쌓아서 선주를 뛰어넘어야 했다.

초아가 가면 뒤로 진지하게 입맛을 다시고 있을 때였다.

쪽지의 내용을 확인하던 백이 미간을 좁혔다.

빳빳하게 풀을 먹인 듯 가지런했던 그의 미간에 처음으로 주름이 잡히는 순간이었다.

그는 조용히 고개를 돌렸다.

아무래도 쪽지의 내용과는 관계없는 듯 보였다.

초아는 백이 왜 그러는지 알고 있었다.

그의 무결점에 흠집을 낸 인간을 떠올렸기 때문일 것이다.

백이 바라보고 있는 곳은 갑판이었다.

갑판은 눈이 덮인 것처럼 백색이었다.

그러나 백색의 갑판에는 눈에 띄는 한 부분이 있었다.

마치 그을린 것 같은 부분이었다.

청운사신이라 밝힌 자가 이곳에 다녀가며 만들어 놓은 흔적이었다.

결벽증에 가까운 완벽을 추구하는 백이었기에 용납이 안 되는 흔적이었다.

청운사신은 죽었을까?

초아는 아니라고 봤다.

깊은 강물에 빠졌지만, 그마저도 청운사신이라는 인물의 계획으로 봤다.

초아는 별도로 청운사신을 조사했다.

청운사신이 무림에 쌓은 명망은 꽤 화려했다.

하지만 그에 비해 흔적은 별로 남기지 않았다.

그중 가장 큰 흔적은 백경의 갑판 위에 남긴 것이다. 추상적인 의미의 흔적이 아닌 진짜 흔적 말이다.

아마 저렇게 흔적을 남긴 것으로 봐서, 선주인 백의 성격을 알고 있는 자일 수도 있었다.

만약 그렇다면 청운사신이야말로 백경의 가장 큰 적일 수도 있었다.

초아는 백이 어떤 말을 할지 알고 있었다.

저 흔적을 본 백은 몇 달 동안 같은 말을 되풀이했다.

아마 그는 자신이 같은 말을 되풀이하고 있다는 것조차 모를 수 있었다.

그만큼 저 흔적은 백에게는 상처였다.

백이 드디어 입을 열었다.

"저 흔적은 안 지워지는군. 저 흔적을 만든 자가……."

"그때 자신을 청운사신이라고 밝혔지요."

초아는 반사적으로 답했다.

이제 다음 이야기가 나올 차례였다.

아니나 다를까. 백이 말을 이었다.

"별도로 조사한다고 했었지?"

"네, 맞아요. 제가 따로 조사해 본 바로는 무공의 경지나 특징 모두 강호에 소문난 청운사신과 일치해요."

"흠."

"비슷한 자가 있긴 한데, 그자는 유림 서원에서 저세상으로 보냈으니까 딱 한 명이 남죠."

초아가 토끼 가면을 살짝 들추고 빙긋 웃었다.

"그럼 무림삼존과 청운사신만 처리하면 십 년간은 무료하겠군. 아니, 내부 단속이 남아 있으니 심심치는 않겠어."

"전해 드릴 말이 있어요."

"뭐지?"

"백룡의 쥐가 화련산으로 숨어들었다고 해요. 어떻게 할까요?"

"너는 어떻게 하면 좋겠나? 의견을 말해 보아라."

순간 토끼 가면 속 초아의 눈이 커졌다.

선주인 백이 그녀의 의견을 물어본 것은 처음 있는 일이었다.

그녀는 눈을 반짝이며 재빨리 답했다.

"쥐새끼를 잡는데 기다릴 필요가 있나요? 바로 잡아야죠."

"어떻게 잡을 거지?"

"빠져나오는 통로에 덫을 놓고 기다리기에는 시간이 부족하죠. 저 같으면 그냥 쥐구멍에 불을 지피겠어요."

"쥐구멍에 불을 지핀다……."

"그럼 지네들이 알아서 고개를 내밀겠죠. 그때 사삭!"

초아는 못을 긋는 시늉을 했다.

그 모습을 바라보던 백이 고개를 끄덕였다.

정확히 세 번을 끄덕이고 난 백이 말을 이었다.

"그 일을 맡겠나? 원한다면 네게 맡기겠다."

"정말로요? 맡겨만 주신다면 흔적도 남기지 않고 깨끗이 지울게요. 쥐새끼의 털조차도 남기지 않게요."

"몇 명이나 필요하지?"

"그깟 쥐새끼 처리에 몇 명씩이나……. 그냥 저 혼자도 가능할 것 같아요."

"자만!"

"네?"

"자만이다."

"그럼 몇 명이나 데려가는 게 좋을……."

초아는 슬쩍 백의 눈치를 봤다.

이렇게 상관의 비위를 맞추는 것도 그녀가 잘하는 일의 하나였다.

초아가 고개를 조아리자 백이 그제야 미소를 지었다.

"그렇다면 저곳을 감시할 최소 인원만 남겨 두고 화련산에 숨어든 쥐새끼를 처리하고 오게."

백이 어딘가를 가리켰다.

그가 가리키는 곳은 무당파였다.

"잊지 않고 있습니다."

"잊으면 안 되지. 가장 중요한 거래가 이루어질 곳이다."

"존명."

초아가 깊숙이 포권하자 백이 손을 내저었다.

"그럼 빨리 출발하도록!"

얼른 가라는 신호였다.

초아가 뒤로 물러서며 주변에 턱짓했다.

인원을 뽑으라는 신호였다.

초아의 신호에 따라 백의 무복을 입은 백경의 무사들이 분주히 움직이기 시작했다.

백은 초아를 신경 쓰지 않고 계속 소식을 확인했다.

탁자 위에 떨어진 소식들은 꽤 많이 남아 있었다.

개방과 하오문 그리고 수많은 상단에서 올라온 소식들로, 그중에서도 가장 많이 언급되는 소식들을 추린 것이었다.

백경은 이 배를 뜻하기도 하지만 백이 속해 있는 부족을 뜻하기도 한다.

그리고 하나의 문파였다.

어찌 보면 중원의 어디에도 흔적을 남기지 않는 조직이었다.

하지만 재미있게 중원의 어디에도 있는 조직이 바로 백경이었다.

암제조차도 백경의 하수인에 불과했으니까.

백은 무료한 표정으로 다 읽은 쪽지를 가루로 만들어 바람에 날려 보냈다.

탁자에 쌓인 쪽지의 수는 점점 줄어들었다.

그렇게 쪽지가 바닥을 드러낼 때였다.

백의 표정이 살짝 바뀌었다.

그때 인원 선별을 마친 초아가 백의 앞으로 돌아왔다.

그때 백이 손바닥을 보이며 외쳤다.

"잠깐!"

한마디였지만, 그 억양이 묘했다.

묘한 억양은 초아의 발걸음을 멈추게 했다.

몸을 돌린 초아가 조용히 백의 표정을 확인했다.

백은 표정의 변화가 없었다.

손에 든 쪽지와 초아를 번갈아 볼 뿐이었다.

하지만 백의 주변 공기가 변했다.

마치 대기가 백을 중심으로 소용돌이치는 것 같았다.

그를 중심으로 소용돌이치던 흐름이 멈췄다.

초아가 황급히 뒤쪽으로 물러났다.

백의 몸에서 가공할 기세가 흘러나왔기 때문이다.

초아가 감당할 수 있는 기세가 아니었다.

마치 거미가 먹이를 잡기 위해 거미줄을 치듯, 백은 갑판 위를 자신의 기세로 덮었다.

그러고는 조용히 초아를 바라봤다.

그 시선만으로도 초아는 얼굴이 따끔거렸다.

가면을 뚫고 들어오는 백의 기세는 어마어마했다.

초아는 일단 감정을 숨기는 것이 순서라고 생각했다.

그녀는 감정을 수급하고 차분한 어조로 물었다.

"왜 그러세요?"

"직접 확인하거라."

말을 마친 백이 쪽지를 던졌다.

획.

접혔던 쪽지가 펼쳐졌다.

펼쳐진 쪽지의 가장자리에 투명한 강기가 일렁였다.

내공을 담아서 뿌린 것이다.

아무것도 아닌 종이였지만, 백의 기세가 담겨 있는 쪽지는 그 어떤 명검보다도 날카롭게 보였다.

쪽지가 멈추지 않고 초아의 얼굴을 향해 날아왔다.

마치 초아에게 향하는 것이 단검 같다는 착각이 들 정도였다.

순간 갑판 위에 있던 다른 이들이 움찔했다.

아찔한 이 상황에 나서야 하는 것은 아닌가 의문이 들어서였다.

다른 이들이 고민할 정도의 상황에도 초아는 공손히 손을 모은 채 기다리고만 있었다.

방어할 생각은 하지 않는 듯 보였다.

그게 벌이라면 달게 받겠다는 듯 눈도 깜빡이지 않았다.

맹렬한 기세로 날아오던 쪽지가 초아의 눈동자 한 치 앞에서 멈췄다.

초아는 그제야 손을 들어 쪽지를 잡았다.

쪽지를 확인한 초아의 눈빛이 살짝 떨렸다.

그녀는 재빨리 백에게 다가갔다.

몸을 찌르는 듯한 기세를 그대로 받으면서 말이다.

그의 앞에 다가간 초아가 물었다.

"적룡대협이란 작자가 나타났다고요?"

"거기 나와 있지 않으냐?"

"그것도 비무행이라고요?"

"너는 아마 그자가 가짜라고 생각하고 있겠지."

"……."

초아는 입술을 잘근 씹었다.

적룡대협을 처치한 것은 그녀가 내세우는 큰 공적 중 하나였다.

그런데 적룡대협이 살아 있다니.

그것도 자신과 대결할 자는 모이라면서 공개적으로 선포했다.

도저히 이해되지 않는 상황이었다.

그때 백이 쪽지 하나를 더 내밀었다.

"이것도 확인해 보아라."

"이건……."

초아가 다시 입술을 잘근 깨물었다.

자신이 찾으려 해도 꼭꼭 숨어서 나오지 않던 청운사신이 흔적을 드러냈다는 소식이었다.

갑자기 몇 개월의 공적이 봄날 눈 녹듯 사라지는 것 같았다.

초아가 다시 말을 이었다.

"제가 확인해 볼게요. 다시 맡겨 주세요."

"너는 화련산의 일이나 잘 처리하거라. 인원 중 삼분의 이만 데려가거라. 그리고……."

백은 뒤쪽에 있는 다른 자를 바라봤다.

"주아는 청운사신을 쫓고, 황아는 적룡대협을 맡거라. 만약에 가짜라면 사로잡아 그 이유를 밝혀내고, 그자들이 진짜 청운과 적룡이라면 그 자리에서 죽어도 좋다. ”

그의 말에 두 명의 여인이 앞으로 나와 포권했다.

“존명.”

마치 한 명처럼 그들의 목소리가 갑판에 울려 퍼졌다.

주아와 황아라고 불린 여인은 생김새가 비슷했다.

둘은 동시에 입꼬리를 살짝 올렸다.

그러면서 초아 쪽을 바라봤다.

시선이 마주치자 초아가 고개를 돌렸다.

그녀는 입술을 잘끈 깨물며 조용히 뒤로 물러났다.

지시를 내린 백은 쪽지를 마저 살피기 시작했다.

그중에서 눈에 띄는 소식이 하나 있었다.

요즘 떠오르는 상단이 움직이고 있다는 소식이었다.

백은 고개를 저었다.

지금은 그 상단까지 조사할 여력이 없었다.

그는 쪽지를 비벼 먼지로 만들었다.

바스러지는 쪽지의 한쪽에는 ‘진룡’이라는 글자가 얼핏 보였다.

백이 지금 확인한 내용이 바로 진룡 상단에 대한 내용이었다.

진룡 상단은 최근 떠오르는 상인 집단이었다.

만금 전장과는 끈끈한 유대 관계를 바탕으로, 막대한 자본을 앞세워 중원 전역을 공략하고 있는 상단이었다.

그 상단의 수뇌부는 하얀 옷에 금색 용이 새겨진 옷을 입고 다닌다고 들었다.

이것은 일종의 과시였다.

그리고 자신감이기도 했다.

백은 임무를 위해 떠나는 수하들을 말없이 바라보다가 다시 무당산으로 시선을 옮겼다.

확인

그날 오후.

화련산 깊숙이 들어간 한빈의 일행.

앞서가던 심미호가 손을 들었다.

"모두 멈추세요."

신호를 보낸 심미호는 재빨리 한빈의 앞으로 왔다.

심미호는 장자명과 함께였다.

백독문이 있는 백독곡의 길은 미로와도 같아서 장자명의 안내가 필수적이었다.

심미호와 장자명은 난처한 듯 쓴 입맛을 다시며 서로를 바라보았다.

심미호가 조심스럽게 말했다.

"길이 끊어진 것 같아요, 주군."

그녀가 가리킨 곳에는 세 갈래 길이 있었다.

뒤쪽에 있던 다른 이들은 심미호의 말에 이해가 안 간다는 듯 고개를 갸웃했다.

세 갈래의 길 중 어떤 곳으로 갈 것이냐를 고민하는 것이 아니라 길이 끊어졌다니?

누구도 심미호의 말을 이해하는 사람은 없었다.

하지만 한빈은 아무렇지 않게 물었다.

"세 갈래의 길 모두 막힌 길이라는 거지?"

"네, 맞아요."

"대체 어떤 조짐을 본 거지? 심 부대주."

"조짐이라기보다는 너무 조용해요. 보통 이 정도 들어왔으면 산짐승이나 풀벌레 소리 정도는 들려야 하잖아요. 그런데 세 갈래 길의 입구가 너무 조용해요."

"흠, 우리 심 부대주가 많이 발전했네."

"가장 중요한 건 장 의원님이 절 붙잡았어요. 그러니 뭔가 있겠죠."

그들의 대화에 팽혁빈이 눈을 가늘게 뜨고 끼어들었다.

"뭔가 있다는 건……. 앞에 적이 있다는 말 아닌가? 그렇다면 어서 준비를……."

"적은 맞는데 사람은 아닌 것 같습니다, 형님."

한빈이 답하자 팽혁빈이 고개를 기울였다.

"사람이 아니라면?"

"독일 가능성이 가장 높습니다. 아마 백독지회에 저희가 지각한 것 같습니다."

"지각이라니, 그게 무슨 말이지? 조금 자세히 말해 보아라."

팽혁빈이 목을 길게 빼자 한빈이 말을 이었다.

"백독문이 주최하는 백독지회는 약속된 독인들이 다 도착하면 문을 잠근다고 들었습니다. 단, 정문을 걸어 잠그는 것이 아닌 지역을 단절시키는 게 백독문의 방식입니다."

한빈이 옆을 힐끔 바라봤다.

그곳에는 장자명이 있었다. 한빈의 눈빛은 마치 마저 설명하라는 것 같았다.

이제는 장자명도 눈치 백 단이었다.

시선을 받은 장자명이 재빨리 말을 받았다.

"네, 맞습니다. 그런데 다른 문파에서 문을 닫는다는 것과 백독문이 문을 닫는 것은 조금 다릅니다."

"어떻게 다른지 설명해 주시겠소? 장 의원."

팽혁빈이 조심스럽게 장자명을 바라봤다.

장자명이 어깨를 펴고 말을 이었다.

"백독문은 진을 구성할 때 독으로 만듭니다. 흔히 독진이라고 하죠. 진법에는 생문과 사문이 있지 않습니까?"

"거기까지는 이해했소, 장 의원."

"여기서 백독문이 문을 닫는다는 것은, 생문을 막는 것을 뜻합니다. 생문을 막게 되면 안쪽에서도 바깥쪽에서도 외부 혹은 내부로 이동할 수 없습니다. 저 세 갈래의 길 중 하나만이 본래 생문인데, 그마저도 닫아 놓은 것 같습니다."

"생문이라……."

"독물을 풀어서 출입을 차단하는 것이죠. 산중에 어찌 산짐승 소리가 들리지 않겠습니까? 모두 독물을 피해 도망간 것이겠죠."

"그럼 이 앞을 통과하지 못한다는 말이오? 장 의원."

"그건……."

장자명이 입술을 달싹이자 팽혁빈은 눈을 가늘게 떴다.

"표정을 보아하니 방법이 없다는 것 같구려."

"일단 저는 모릅니다."

"백독문 출신인 장 의원이 모른다고 하면 대체 누가……. 흠."

팽혁빈이 헛기침하자 장자명이 반사적으로 한빈을 바라봤다.

사실 생문이 닫힐 위험성에 대해서는 한빈에게 얘기했었다.

하지만 생문이 닫혀도 방법은 있다면서 아무렇지 않게 이곳으로 왔다.

백독문 출신인 자신도 알지 못하는 방법을 한빈이 알고 있다고?

한빈을 바라보던 장자명은 고개를 갸웃했다.

그 모습에 한빈이 웃었다.

장자명에게 웃음을 보인 한빈이 이번에는 팽혁빈을 바라봤다.

"방법은 제가 알고 있습니다, 형님."

"네가 알고 있다고?"

"잠시만 기다리십시오."

한빈은 팔짱을 끼고 뒤쪽을 바라봤다.

장삼과 조호가 거대한 관을 끌고 오고 있었다.

독각서우의 뿔이 들어 있는 그 관이었다.

그 모습에 팽혁빈이 마른침을 삼켰다.

무림인들도 두려워하는 특급 위험물이 바로 독각서우의 뿔이 아니던가.

만약 저것이 터진다면 이곳은 남아나지 않을 수도 있었다.

본래 독각서우가 있는 관은 행렬의 중간에 뒀다.

하지만 그 위험성을 아는 팽혁빈은 그 관을 맨 뒤쪽에서 운반하도록 했다.

장삼과 조호가 낑낑대며 관을 끌고 오자 심미호가 가슴을 탁탁 치며 달려갔다.

"그러기에 평상시에 근력 운동 좀 하라고 그렇게 일렀거늘……."

심미호는 둘에게 손짓을 했다.

그러고는 둘이 쥐고 있는 밧줄을 빼앗았다.

심미호는 표정의 변화 없이 관을 끌고 한빈을 향해 걸어갔다.

장삼과 조호가 끌 때는 천 근의 무게를 지닌 짐을 끄는 것 같았다.

하지만 심미호는 마치 산책이라도 나온 듯 힘 하나 안 들이고 관을 옮겼다.

뒷모습을 바라보던 조호가 한숨을 쉬었다.

"휴. 부대주님이 장삼 아저씨한테 뭐라 하시잖아요. 그러게 평소에 근력 운동 좀 하시라니까."

"에이, 부대주님이 나보고 그런 거겠어? 너보고 그런 거지."

그때였다.

앞쪽에서 날카로운 음성이 들려왔다.

"둘 다한테 한 말이에요. 한가하게 있을 시간 있으면 기마 자세라도 취하세요."

심미호의 말에 장삼과 조호는 조용히 뒤쪽으로 물러났다.

그들에게 일침을 가한 심미호는 조심스럽게 관 뚜껑을 열었다.

"준비됐어요, 주군."

"잠시만 기다려, 심 부대주."

심미호가 뒤쪽으로 한 발 물러서자 한빈은 관의 안쪽을 바라봤다.

독각서우의 뿔이 담긴 상자를 옆으로 치운 한빈은 그곳에서 상자 몇 개를 꺼냈다.

한빈은 먼저 꺼낸 상자를 열었다.

상자 속에는 아름다운 붉은색 구슬이 한가득 들어 있었다.

옆으로 다가온 팽혁빈이 고개를 갸웃했다.

"이게 다 무엇이더냐?"

"피독주입니다, 형님."

"보석이 아니라 이게 피독주라는 말이더냐?"

팽혁빈의 눈에 의문이 피어났다. 피독주는 독기를 막아 주는 구슬이었다.

그런데 이렇게 아름다운 피독주는 본 적이 없었다.

피독주는 독을 몰아내는 기능을 넣는 과정에서 기괴한 색깔을 띠기 마련이었다.

그래서 대부분의 피독주는 보석이 아니라 독환(毒環)과 비슷하게 생겼다.

보석과 구분이 안 될 정도의 피독주.

돈이 있어도 구하지 못한다는 피독주.

팽혁빈이 알기로 그런 피독주는 딱 하나였다.

그것은 바로…….

그때 한빈이 말을 이었다.

"짐작하시는 피독주가 맞을 겁니다. 사천당가의 만독주를 생각한다면 말이죠."

"마, 만독주라고? 어찌 이 많은 양을……."

"청화 덕분이죠."

한빈이 청화를 가리켰다.

한빈은 이번 임무를 위해서 사천당가에 남아 있는 만독주를 싸그리 털었다.

대신에 만독주를 만들 재료를 사천당가에 넘겼다.

어찌 보면 서로 기분 좋은 거래였다.

돈 주고도 못 구하는 피독주라는 것은 사실이지만, 사천당가는 만독주를 흔쾌히 한빈에게 넘겨줬다.

피독주라는 것이 술처럼 오래 숙성될수록 좋은 것은 아니었다.

피독주는 시간이 흐르면 기능이 점점 떨어지는 물건 중 하나였다.

사천당가는 피독술이 외부에 유출될까 봐 만독주를 외부로 유출한 적이 없었다.

사실 해독술보다 한 단계 더 중요시하는 것이 바로 피독술이었다.

독을 당한 후 해독하는 것과 독을 당하기 전 피하는 방법 중 하나를 선택하라고 한다면?

누구나 후자를 선택할 것이었다.

그런 이유로 사천당가의 피독술은 그들에게 특급 기밀이었다.

그런데도 만독주를 한빈에게 준 이유는 딱 하나였다.

그것은 사천당가가 한빈을 식구로 여기고 있다는 뜻이었다.

이런 사정을 아는 장자명은 한빈이 만독주를 나누어 주는 동안 입을 벌리고 있었다.

대충 상황을 알고는 있었지만, 하북팽가의 사 공자를 사천당가에서 가족으로 느끼고 있을 줄은 상상도 하지 못했기 때문이다.

사정을 아는 장자명이 놀라는 반면, 적혈맹호대 대원들은 신기한 듯 만독주를 살폈다.

한빈이 상자에 있는 만독주를 모두에게 건넸을 때였다.

적혈맹호대 대원들은 동시에 만독주를 입 속에 넣었다.

마치 서로 약속이나 한 듯이 말이다.

만독주를 입에 문 이들에게 한빈은 피독의를 나누어 주었다.

장운현에서 천독과 싸울 때 사용했던 바로 그 물건이었다.

그들은 피독의를 걸치고 독을 막아 주는 천으로 입을 꽁꽁 둘렀다.

누가 이들의 복장을 본다면 사막을 건너는 상인의 무리로 오해할 수도 있을 정도였다.

모든 준비를 마친 적혈맹호대 대원들이 낮은 목소리로 상황을 보고했다.

"준비 끝났습니다, 주군."

"준비 완료."

모두가 준비됐다는 듯 고개를 끄덕이자 한빈이 팽혁빈을 바라봤다.

"이름은 만독주지만, 세상의 모든 독을 막아 주진 못합니다. 한마디로 약간의 과장이 섞여 있는 거죠. 그러니까 백독문의 내부로 들어가기 전까지는 조심, 또 조심해야 합니다. 제가 심 부대주와 함께 앞장서겠습니다. 그러니 형님이 나머지 인원을 통솔해 주시죠."

"그러마."

"어떤 일이 있어도 대열을 이탈해서는 안 됩니다. 한 명이라도 이탈하는 자가 있다면 그자는 그냥 두고 가시면 됩니다."

"좋다, 뒤쪽에 대한 경계는 내게 맡겨라."

팽혁빈이 자신의 도를 가슴 높이로 올리며 눈을 빛냈다.

한빈은 이번에는 장자명을 바라봤다.

"이 정도면 되겠지요? 장 의원은 심 부대주의 뒤에 바싹 붙으십시오."

"네, 그리하도록 하겠습니다."

"좋습니다. 그럼 출발하겠습니다."

한빈이 앞을 바라보자 뒤쪽에 서 있던 청화가 다급하게 나왔다.

"저는 같이 안 가요?"

"너는 설화와 함께 적혈맹호대를 돌보거라."

"네, 알았어요. 그런데 뭐 잊으신 거 없으세요?"

청화가 서운한 표정으로 한빈을 바라봤다.

마치 새벽밥을 거른 강아지와도 같은 표정이었다.

그 모습에 한빈이 물었다.

"잊은 거라니? 거기에 왜 그런 표정을 하고 있지?"

"저는 안 주시냐고요? 공자님."

청화는 한빈이 손에 들고 있는 남은 만독주를 가리켰다.

"흠."

헛기침한 한빈이 눈을 가늘게 떴다.

공독지체인 청화에게 과연 천독주가 필요 있을까?

한빈의 표정을 본 청화가 손을 내밀었다.

"가지고만 있을게요. 저만 안 받으니까 조금 기분이 이상해서 그래요, 공자님."

"자, 여기 있다."

한빈이 피식 웃으며 만독주를 건넸다.

천독에게 납치당해서 독인으로 길러지면서 청화는 감정이 거세된 상태로 세상에 나왔다.

한빈이 구하고 나서도 감정이라는 걸 찾아볼 수 없었다.

그런데 요즘 들어 청화는 감정을 표현한다.

소심한 질투 같은 깊이가 얕은 감정이지만, 한빈은 정상인으로 돌아가고 있는 청화가 대견스러웠다.

청화가 콧노래를 부르며 뒤쪽으로 이동하자, 한빈이 한 걸음 앞으로 들어갔다.

한빈은 힐끔 심미호를 바라봤다.

"남은 시간은?"

"해가 산등성이에 딱 걸쳐져 있는 것으로 봐서, 한 시진 정도 남아 있네요."

"갈 수 있을까? 심 부대주."

"충분해요."

"그럼 출발하자고, 심 부대주."

한빈이 세 갈래의 길 중 한 곳을 가리켰다.

그러고는 휘적휘적 그곳을 향해 걸어갔다.

그 모습에 뒤쪽에 있던 장자명이 외쳤다.

"팽 공자님! 그쪽은 생문이 아닙니다. 오른쪽으로 가야 합니다!"

장자명의 목소리는 다급했다.

한빈이 뒤를 돌아보며 고개를 갸웃했다.

"생문이 닫혔다고 하지 않았습니까? 장 의원."

"닫혔어도 원래 생문인 곳과 외부인을 차단하려고 사문으로 만든 곳은 다릅니다. 오른쪽으로 가시죠. 그곳은 절대 안 됩니다."

"아닙니다. 여기로 가겠습니다."

한빈이 씩 웃으며 가운데 길을 가리켰다.

그 모습에 장자명은 관자놀이를 지그시 눌렀다.

말려야 하나 이대로 두어야 하나를 판단할 수 없었다.

이제까지 한빈이 틀린 적이 있었던가?

그런 일은 한 번도 없었다.

하지만 백독문 출신인 자신이 보기에 한빈이 가리킨 방향은 개작두 아래로 목을 들이미는 것과 같았다.

"다시 생각해 볼 수는 없겠습니까?"

"이쪽으로 가야 할 것 같습니다."

"이렇게 결정할 거면 왜 나에게 안내를 맡겼습니까?"

"그래도 여기까지는 안전하게 오지 않았습니까?"

"허."

"저를 믿는다고 하시지 않았습니까? 장 의원님."

"제가 언제 안 믿는다고 했습니까? 허, 사람을 의심하기는……."

"그럼 됐습니다."

말을 마친 한빈은 뭔가 생각난 듯 다시 관이 있는 곳으로 걸어갔다.

관을 끌고 있는 심미호가 한 발 물러섰다.

한빈은 아무렇지 않게 다시 관 뚜껑을 열었다.

안쪽을 살피던 한빈은 조심스럽게 물건들을 밖으로 꺼냈다.

한빈은 관의 바닥에서 쇠붙이를 꺼냈다.

나무 자루에, 앞쪽에는 쇳덩이를 단 물건이었다.

그것은 다름 아닌 곡괭이였다.

한빈은 그 곡괭이를 심미호에게 건넸다.

"자, 여기. 심 부대주가 괭이질 좀 해야겠어. 맡겨도 되지?"

"흠, 그런 거라면 얼마든지 맡겨 주세요."

심미호가 미소를 피워 냈다.

이제까지 맡은 임무 중 대다수를 차지했던 것이 땅굴 파기였다.

황보세가에서도 그랬고 사천당가에서도 심미호는 땅굴을 파는 일을 맡았었다.

오죽하면 심미호에게 두더지라는 별명이 붙었겠는가?

심미호는 그 별명을 자랑스러워했다.

곡괭이질에 매진한 결과, 심미호는 곡괭이에 진기를 실을 수 있는 경지까지 올라갔기 때문이다.

도와 곡괭이 중 손에 익은 병장기를 택하라면 곡괭이를 택할 것이었다.

하지만 평소에도 곡괭이를 들고 다닐 수는 없는 일이었다.

적혈맹호대의 부대주가 곡괭이를 들고 다닌다면 강호에 소문이 파다하게 날 것이다.

심미호뿐 아니라 적혈맹호대까지 놀림감이 될 수도 있는

일이었다.

그래서 평소에는 곡괭이를 만지고 싶어도 못 만졌다.

심미호는 자신도 모르게 건네받은 곡괭이를 쓰다듬었다.

마치 보물을 대하는 듯, 그녀의 눈빛은 부드러웠다.

하북제일의 검도 아니고 하북제일의 도라고도 할 수 없지만, 그녀는 자신이 하북제일의 곡괭이라고 자신할 수 있었다.

다시 곡괭이를 쥔 심미호는 기분 좋게 자루를 빙빙 돌렸다.

입가에는 미소를 피워 내면서.

"손에 착착 감기네요."

"다행이군. 그거 정철민 어르신한테 특별히 부탁한 거야."

"혹시 현철로 만든 거예요?"

"당연하지. 그러니까 심 부대주의 꿈을 펼쳐 봐."

"네, 열심히 할게요."

심미호는 곡괭이 자루를 잡았다.

순간 곡괭이가 공명하듯 울기 시작했다.

우웅. 웅.

푸른 강기가 곡괭이의 머리에 맺혔다.

옆에서 이를 지켜보던 장자명은 아연실색하며 뒤쪽으로 물러났다.

곡괭이를 병장기처럼 쓰는 무인은 심미호가 처음이었기 때문이다.

그보다 더 궁금한 것은 곡괭이를 건넨 한빈의 의도였다.

장자명은 눈을 가늘게 뜨고 상황을 살폈다.

그것도 잠시, 장자명은 한빈의 옆에 바싹 붙었다.

"팽 공자, 지금 무엇을 하려는 겁니까?"

"지나가면서 발굴할 게 있습니다."

"그게 뭔지 물어봐도 되겠습니까? 여긴 다른 곳도 아니고 백독곡입니다. 땅을 잘못 팠다가는 우리 목숨은 여기서 끝입니다."

"그건……."

"또 비밀입니까?"

"비밀은 아니지만, 있을 수도 있고 없을 수도 있는 물건입니다. 그 상황에 따라 저희는 준비를 해야 합니다. 그래서 확인이 필요하지요."

"그래도 이건 아닌 것 같습니다."

"죽을까 봐 두려우십니까?"

"제가 죽음을……. 네, 두렵지요. 여기까지 왔는데, 사매 얼굴은 보고 싶습니다."

장자명이 비 맞은 강아지처럼 처량하게 한빈을 바라봤다.

그 모습에 한빈이 말했다.

"이곳으로 출발하기 전에 제가 뭐라 했습니까?"

"……."

장자명은 고개를 갸웃했다.

무슨 말을 했는지 기억이 나지 않았다.

그도 그럴 것이, 그동안 진료 때문에 밤낮이 없던 그였다.

길을 안내하기 위해 눈을 부릅뜨고 있지만, 정신이 반쯤은 나가 있는 상태였다.

그 모습에 한빈이 피식 웃으며 말을 이었다.

"영웅으로 만들어 주겠다고 약속했지요. 그걸 우리는 금의환향이라고 부르기도 합니다."

"그게 정말이었습니까?"

장자명이 미간을 좁히며 주위를 둘러봤다.

그것도 잠시, 그는 고개를 저었다.

주위를 둘러봐도 자신을 영웅으로 만들어 줄 단서가 보이지 않았다.

한빈이 다시 말을 이었다.

"저를 절대적으로 믿기로 하지 않았습니까?"

"하지만 생각해 보십시오. 이제 백독문에 다 와 가는데, 제가 어떻게 영웅이 될 수 있습니까?"

"그러니까 준비를 해야지요."

"그 준비가 곡괭이라는 말씀인가요?"

"네, 그렇습니다."

"아무리 생각해도 팽 공자의 속마음은 읽을 수가 없군요."

장자명이 고개를 저었다.

그러고는 뒤쪽으로 한 발 물러났다.

독기가 가득 찬 이곳에서 곡괭이질을 한다는 것은 사실 위험한 행동이다.

이곳으로 들어선 것이 개작두 아래로 목을 내민 것이라면, 곡괭이질을 하는 것은 스스로 개작두의 손잡이를 내리는 행위였다.

그때 곡괭이 자루를 꽉 잡은 심미호가 물었다.

"어딜 팔까요?"

"저기!"

말을 마친 한빈이 하얀색 알을 튕겼다.

백발백중의 묘리가 담겨 있는 초식이었다.

처음에는 바둑알로 보였는데, 바닥에 닿자 푸석하고 흩어졌다.

순간 바닥의 검은 점들이 스르르 흩어졌다.

그것들은 점이 아닌 독물이었다.

검은색 거머리 같은 것들이 갑자기 흩어지자 흑색 바닥이 드러났다.

한빈이 뿌린 것은 피독주의 재료로 쓰이는 상아 가루였다.

심미호는 곡괭이로 아래를 파기 시작했다.

푹. 푹.

그녀의 곡괭이질은 경지에 이른 것 같았다.

몇 번 움직였는데 무릎까지 올 정도의 구덩이를 팠다.

그때 한빈이 말했다.

"거기는 그만."

"네, 알았어요. 주군."

"일단 앞으로 계속 간다."

한빈이 앞장서서 걷기 시작했다.

앞장서서 검은색 바닥을 걸어가는 한빈은 주변을 둘러봤다.

한빈은 나무와 바위 등 지형지물을 유심히 보고 있었다.

한빈이 이렇게 지형지물을 살피며 심미호에게 곡괭이질을 시키는 이유가 무엇일까?

그것은 전생의 기억 때문이었다.

전생에 한빈은 이곳 화련산에 온 적이 있었다.

화련산에 있는 중요한 물건을 찾기 위해서였다.

전생에서 발견한 것은 바로 비밀 공간이었다.

석벽으로 덮인 비밀 공간에서 남녀의 시체를 찾았었다.

다 썩은 의복 중 일부분과 남은 유골로 짐작건대, 그들은 백독문의 사람들이 분명했다.

당시에는 백독문이 멸문한 상태이기에 상부에 보고만 하고 넘겼었다.

그때 비밀 공간을 발견할 수 있었던 것은 독기가 모두 사라졌기 때문이었다.

땅바닥이 그대로 드러났었고, 땅바닥 위에 흙들이 바람에 쓸려 날아간 덕분이었다.

길 한가운데 유난히 눈에 띄는 석판을 그냥 지나칠 수는 없었다.

그들은 그곳에 숨은 것일까?

아니면 누군가에게 감금당한 것일까?

어느 쪽이든 유골의 상태로 봐서는 생매장당한 것이라고 봐야 했다.

만약 그곳에 유골이 없다면 그 사건이 일어나기 전이고, 유골이 있다면 백독문 내에서 일이 벌어졌다고 봐야 했다.

한빈은 그것을 확인하기 위해서 이렇게 수고를 하는 것이었다.

문제는 그곳의 위치를 정확히 떠올릴 수 없다는 점이었다.

한빈의 머릿속에 있는 기억으로는 세 갈래 길 중 가운데 길이었다.

그리고 커다란 바위가 듬성듬성 놓여 있었다.

그런데 이곳에 들어오고 보니 전생의 기억 속에서 떠올린 장소의 모습과 비슷한 곳이 너무 많았다.

몇 번 같은 상황이 되풀이되자 장자명은 초조한 눈으로 한빈을 바라봤다.

그도 그럴 것이, 밤에 이곳에 있을 수는 없었다.

만약 해가 저문 상태에서 이곳에 남아 있다가는 독물들에 녹아내릴 수도 있었다.

최고의 피독주라고 하는 만독주를 물고 있다고 해도 결과는 변하지 않을 터였다.

캄캄한 밤에 검은색 독물들이 공격해 온다면?

장자명은 고개를 흔들었다.

고개를 흔들던 장자명이 눈을 가늘게 떴다.

뭔가 상황이 이상했기 때문이다.

장자명의 기억으로 이곳은 분명히 사문이었다.

독진의 사문으로 들어가는 것은 자살행위.

그런데 생각보다 독 기운이 옅었다.

이 정도면 피독주가 없어도 이곳을 지나칠 수 있을 정도였
다.

사 공자는 이런 상황을 대체 어떻게 알았을까?

장자명은 조용히 한빈을 바라봤다.

아무리 생각해도 알 수 없는 인간이었다.

그때 한빈이 하얀 알맹이를 던졌다.

역시 백발백중의 수법으로 던진 알맹이는 한빈이 원하는
곳에 정확히 박혔다.

퍽.

그곳에 하얀 자국이 남자, 심미호는 그곳으로 달려가 아무
렇지 않게 곡괭이로 그곳을 파냈다.

심미호가 막 곡괭이를 내리쳤을 때였다.

이전과는 다른 소리가 났다.

쾅!

흙에 꽂히는 소리가 아니라 단단한 물체에 닿은 소리였다.

심미호는 재빨리 곡괭이질을 멈추고 한빈을 바라봤다.

시선이 마주친 한빈이 재빨리 그곳으로 달려갔다.

심미호는 조심스럽게 곡괭이로 흙을 긁어냈다.

회색 석판이 보이자 심미호가 말했다.

"공자님, 여기 이상한 석판이 있어요."

"일단 석판을 들어내 줘. 깨지지 않게 조심해서."

한빈이 손짓하자 심미호가 석판의 가장자리에 곡괭이를 끼워서 들었다.

드르륵.

곡괭이에 석판이 딸려 나왔다.

석판을 옆으로 옮기고 나자 한빈이 전생에 보았던 비밀 공간이 모습을 드러냈다.

그 모습에 가장 놀란 것은 장자명이었다.

"이게 대체 어떻게 된 겁니까? 어떻게 백독곡에 이런 공간이……."

"이제부터 알아봐야죠. 그리고 단단히 마음먹으시죠. 어떤 상황이 와도 놀라지 마십시오, 장 의원."

"그게 무슨 말입니까? 팽 공자."

"조금 놀랄 수도 있을 것 같아서 미리 드리는 말씀입니다."

한빈의 표정이 갑자기 진지해졌다.

갑작스러운 한빈의 모습에 장자명이 헛숨을 쉬었다.

"허, 대체 이 아래에 뭐가 있기에……. 이번에도 비밀인 가요?"

"비밀은 아닙니다. 제가 추측하는 것보다는 일단 확인해 보는 게 맞을 것 같습니다. 저 먼저 들어가 보겠습니다."

"그러시지요, 팽 공자."

장자명이 표정을 수습하며 한 발 뒤로 물러났다.

한빈은 통로 아래로 뛰어내렸다.

전생에 기억하고 있는 비밀 공간은 어른의 걸음걸이로 이십 걸음 정도 되는 크기였다.

거기에 손을 뻗으면 천장이 닿을 정도.

한빈은 일단 손을 뻗어 봤다.

아슬아슬하게 손이 닿았다.

전생에 왔던 공간이 맞는 것 같았다.

한빈은 천천히 걸어갔다.

스무 걸음밖에 안 되는 거리였지만, 꽤 멀게 느껴졌다.

한빈이 장자명에게 단단히 마음먹으라고 한 이유는 전생에 발견한 유골 때문이었다.

만약에 그 유골 중 하나가 장자명이 그토록 그리워하는 사매라면?

아마 장자명은 그 상황을 견딜 수 없을 터.

천천히 걸어가던 한빈이 코를 실룩였다.

묘한 악취 때문이었다.

순간 한빈은 구걸십팔보를 펼치는 동시에 횃불에 불을 붙였다.

사사—삭.

눈 깜짝할 사이 통로의 끝에 다다른 한빈. 곧 그의 눈이 커졌다.

"대체 이건……."

한빈은 눈썹을 꿈틀대며 앞에 펼쳐진 광경을 바라봤다.

여섯 명의 남녀가 가부좌를 한 채 숨을 쉬지 않고 있었다.

기묘한 광경이었다.

악취는 그들에게서 흘러나오고 있었다.

전생의 기억과는 그들의 상태가 달랐다.

숨은 쉬지 않지만, 아직은 사람의 윤곽이 남아 있었다.

즉, 아직 살아 있을 가능성이 있다는 것이다.

그들이 살았든 죽었든, 사건이 발생한 지 얼마 안 됐다는 말이었고.

백독문에서 발생할 사건은 현재에도 진행되고 있을 가능성이 있었다.

이들은 살아 있는 단서 그 자체였다.

일단 이 사람들과 대화하는 것이 급선무.

한빈은 조심스럽게 그들을 살펴봤다.

머리카락, 피부, 그리고 악취의 정체 등 모든 것이 단서였다.

그때 다가온 심미호가 눈앞의 광경을 바라보며 낮은 비명을 흘렸다.

"헛, 저 시체는 대체 뭔가요?"

"아직 안 죽었으니까 지레짐작하지 마. 그건 산 자에 대한 예의가 아니야."

"그게 무슨 말씀이세요? 아무리 생각해도 이건 시체 썩는 냄새예요."

심미호가 코를 막았다.

그 모습에 한빈이 아래쪽을 가리키며 횃불을 비추었다.

"여기 봐, 냄새는 여기서 나는 거야. 심 부대주."

"대, 대체 이게 뭔가요?"

"배설물이지, 뭐긴 뭐야!"

"오물이 왜 저기에?"

"저게 바로 안 죽었다는 증거지. 소변 냄새로 봐서는 배출한 지 얼마 안 된 게 분명해. 거기에 피부 위로 솟아오른 핏줄 보이지?"

"네, 보여요. 그건……."

"피가 굳지 않았다는 증거지. 모든 게 이들이 살아 있다는 증거야."

"그럼 지금 왜 저러고 있는 거예요? 혹시 점혈을 당한 건가요?"

"일단 횃불 좀 들고 있어 봐, 심 부대주."

"존명."

심미호가 햇불을 받아 들자 한빈은 재빨리 그들 중 하나를 보며 코에 손가락을 댔다.

미세한 호흡도 흘러나오지 않았다.

자세히 보니 눈도 가늘게 뜨고 있었다.

한빈이 손가락을 갖다 대자 눈동자가 미세하게 움직인다.

상태를 살펴본 한빈이 작은 목소리로 말했다.

"귀식대법."

"귀식대법이라니요?"

"이자들은 귀식대법을 펼치고 있는 것이야."

"그, 그게 무슨 말씀이에요? 저건 귀식대법이 아니잖아요."

"비슷한 거지. 아마도 우리 말을 듣고 있을걸……."

"그런데 왜 눈을 안 뜨는 거죠?"

"자세히 보면 눈을 뜨고 있어. 사실 눈을 뜨고 있다는 게 문제지."

"눈을 뜨고 있는 게 왜 문제라는 거예요?"

"심 부대주는 눈을 깜빡이지 않고 얼마나 참을 수 있지?"

"흠, 그건……. 안 해 봐서 모르겠네요, 주군."

"보통 사람들이 한 시진에 눈을 천 번 정도 깜빡이지. 무공을 익힌 자라면 보통 십분의 일, 즉 백 번 정도를 깜빡이지. 그런데 장시간 깜빡이지 않는다면 이렇게 돼."

한빈은 상대의 눈을 가리켰다.

심미호는 그자들의 눈을 보고 뒤로 주춤 물러났다.

"귀, 귀신……."

"귀신이 아니야. 무공을 익힌 자들도 장시간 눈을 깜빡이지 않으면 저렇게 된다는 거지."

한빈이 가리킨 자의 눈은 시뻘게져 있었다.

마치 빨간색 염료를 칠해 놓은 것 같았다.

일반 백성이 눈앞의 광경을 봤다면 아마도 바로 줄행랑을 쳤을 것이다.

앞에 있는 자의 몰골은 누가 봐도 귀신이 맞았다.

심미호가 표정을 수습하고 물었다.

"그러니까, 저렇게 빨간 눈을 한 것이 눈을 깜빡이지 않아서라는 거죠? 그런데 저렇게 될 때까지 왜 눈을 깜빡이지 않은 거죠?"

"타의에 의한 귀식대법이지. 즉, 금제에 당한 게 확실해."

금제란 행동을 제약하는 수법을 일컫는 총칭이었다.

심미호가 고개를 갸웃했다.

"그게 무슨 말이에요? 이들이 누구이기에 이런 감옥에서 금제를 당한 거예요?"

"흠, 일단……."

"말씀하세요, 주군."

"잠시 살펴봐야 할 것 같아. 여기에서 성급하게 움직이면 단서가 날아갈 수도 있어. 그러니 횃불 좀 잘 들고 있어, 심 부대주."

한빈의 말에 심미호는 눈치껏 횃불을 이리저리 옮겼다.

심미호는 지금 한빈의 태도에 적잖게 놀랐다.

자신이라면 이런 상황을 보고 일단 자리부터 피할 터였다.

그런데 한빈은 마치 이런 상황이 당연하다는 듯 이곳에서 단서를 찾고 있다.

마치 모든 것을 알고 있는 것 같았다.

아니, 이 상황을 모두 예견했음이 틀림없었다.

여기까지 생각이 미친 심미호는 등골이 서늘해졌다.

그것도 잠시, 그녀의 눈이 어둠 속에서 빛났다.

그녀의 눈빛에는 존경심이 담겨 있었다.

어디서 어떻게 정보를 수집했는지는 몰라도, 모든 것을 손 위에 두고 바라보는 것만 같았다.

순간 심미호의 손이 살짝 떨렸다.

흔들리는 횃불.

횃불이 흔들린 덕분에 한빈의 앞이 살짝 어두워졌다.

그 어둠이 한빈에게는 행운이었다.

상대의 관자놀이에서 어둠을 틈타 미세하게 꿈틀거리는 혈관을 찾은 것이다.

철저하게 금제를 당해 눈도 깜빡이지 못하는 상태인데, 혈 관이 꿈틀거린다?

생각을 마친 한빈은 손가락을 튕겼다.

딱!

눈 몇 번 깜빡일 시간이 지나자 뒤쪽에서 시원한 바람이 불어왔다.

사사—삭.

은밀한 발소리에 심미호가 살짝 경계한다.

그것도 잠시, 심미호는 가슴을 쓸어내렸다.

눈앞에 나타난 것은 바로 설화였다.

뒤쪽 행렬에 있던 설화가 한빈의 신호에 반응한 것이다.

설화의 손에는 보따리가 들려 있었다.

설화가 반사적으로 보따리를 풀고 지필묵을 정렬했다.

그 모습에 심미호가 물었다.

"서, 설마……. 이자들과 계약서를 쓰시려고요?"

"정신도 없는데 어떻게 계약서를 써?"

"그럼 대체 뭐 하시려고요?"

"잠시만 기다려 봐, 심 부대주."

말을 마친 한빈은 재빨리 종이 위에 글자를 적어 나갔다.

그는 눈 깜짝할 사이에 일필휘지로 문장을 적었다.

한빈은 먹물이 마르기도 전에 그것을 심미호에게 전했다.

"심 부대주, 장 의원 좀 데려와. 그리고 여기에 적힌 약재와 치료에 쓸 도구 모두 가져오라고 해."

"존명."

"횃불은 두고 가."

"아, 알겠어요. 주군."

설화에게 횃불을 건넨 심미호가 자리에서 사라졌다.

한빈은 그사이에 죽은 듯 앉아 있는 자의 완맥을 잡았다.

그러고는 조심스럽게 진기를 흘려보냈다.

좁쌀 한 톨로 안 되는 미세한 양의 내공에, 상대의 관자놀이가 다시 꿈틀했다.

작은 지렁이 굵기의 물체가 관자놀이에서 사라졌다.

그러고는 흘러가듯 어딘가로 자취를 감추었다.

마치 한빈의 미세한 진기를 알아채고 피한 것 같았다.

한빈은 이제 확신했다는 듯 고개를 끄덕였다.

옆에서 횃불을 들고 있던 설화도 고개를 끄덕였다.

힐끔 옆을 본 한빈이 물었다.

"혹시 무슨 증상인지 눈치챘느냐?"

"아니요. 제가 그걸 어떻게 알아요, 공자님."

"그럼 왜 고개를 끄덕인 거지?"

"그냥요."

"허."

한빈이 허탈하게 웃자 설화가 어색한 표정으로 뒷머리를 긁적였다.

그때 심미호가 장자명을 데리고 왔다.

그는 관 속에 넣어 놓은 약재를 추린 후, 치료 도구가 든 봇짐을 들고 달려왔다.

한빈의 앞에 있는 반송장을 본 장자명의 반응은 심미호와 비슷했다.

"저, 저건 혹시 강시……."

"아닙니다. 금제에 걸렸을 뿐입니다."

"무슨 금제이기에 사람이 저렇게 됩니까? 저건 분명히 독은 아닙니다."

"네, 독이 아닌 건 저도 잘 알고 있습니다. 혹시 이 중에 아는 사람이 있습니까?"

"다 처음 보는 사람입니다."

"흠, 정말 아는 사람이 없습니까?"

"네, 없습니다."

"그럼 안심하고 혈고를 제거하겠습니다."

"혈고라니요?"

"지금 이자들은 혈고 때문에 이렇게 된 게 확실합니다. 아마도 태극검제에게 혈고를 쓴 자들이 범인일 겁니다. 일단 향로부터 준비하시죠."

한빈의 말에 장자명이 재빨리 향로를 꺼내 놓았다.

그러고는 마치 약속이라도 한 것처럼 약재를 향로 속에 넣었다.

장자명은 향로에 약재를 털어 넣고는 가부좌를 튼 이들을 바라봤다.

피골이 상접한 것으로 봐서 그들은 죽기 직전이었다.

장자명은 그중 아는 사람이 없다는 것을 다행으로 여겼다.

아니, 저 중에 자신의 사매만 없으면 그만이었다.

준비를 마친 장자명이 물었다.

"이걸로 혈고를 제거할 수 있는 겁니까? 팽 공자."

"확률은 반반입니다. 혈고의 종류에 따라 제거 방법이 다른 건 장 의원도 아시죠?"

"네, 알고 있습니다."

장자명은 고개를 끄덕이며 한빈을 신기한 듯 바라봤다.

보통 의원들은 혈고에 대해서 모른다.

그런데 한빈은 혈고에 대해서 자신보다 더 잘 알고 있었다.

혈고뿐이 아니었다. 독에 대해서도 백독문 출신인 자신보다 더 잘 알고 있었다.

지금 저 나이에 독과 혈고에 대해서 저 정도로 섭렵하기란 쉽지 않다.

장자명은 한빈에게 홍칠개 말고 다른 스승이 있으리라 추측했다.

분명히 독과 혈고 등 무림의 음지에 대해서 가르쳐 준 사부가 있을 것이다.

장자명은 이번 일이 끝나면 그게 누구인지 꼭 물어보리라 다짐했다.

그때였다.

장자명의 시선이 한 곳에 멈췄다.

여섯 명의 남녀 중 중앙에 있는 인물이었다.

머리 길이와 복장으로 봐서는 여인이 분명했다.

얼굴은 모르는 얼굴인데, 머리 장신구가 유난히 눈에 익었다.

"……사매?"

여인의 머리에 있는 장신구는 분명히 장자명이 사매에게 준 선물이었다.

커다란 꽃 위에 한 쌍의 나비가 뛰노는 모양은 섬서에서 가장 유명하다는 장인이 만든 것이다.

꽃은 은으로 만들었으며 나비는 금으로 만든 장신구였다.

저 장신구를 하나 사려고 일 년간 술도 끊었었다.

자세히 보니 어렴풋이 자신이 알던 사매의 얼굴 윤곽이 보이는 것도 같았다.

순간 장자명의 머릿속에 어린 시절부터 사매와 함께했던 일들이 떠올랐다.

함께 잠자리를 잡으러 갔다가 독물한테 물려 죽을 뻔했던 일, 장자명이 잘못한 일을 사매가 뒤집어쓰고 독방에 갇혔던 일.

장자명이 생각하는 사매는 관음보살의 현신과도 같았다.

외모도 외모지만, 그가 진짜 좋아하는 것은 사매의 마음씨였다.

장자명이 사매와의 추억을 떠올리고 있을 때였다.

향로에 불이 붙었다.

화르륵.

솟아오른 불이 꺼진 후 향로에서 약재들이 타는 냄새가 흘러나왔다.

장자명의 머릿속에 한빈이 한 말이 떠올랐다.

분명 확률은 오 할이라고 했다.

저기에 있는 사람들이 단순히 사문의 사람들이라면 그 오할의 확률도 감지덕지했다.

하지만 저 사람 중 사매가 끼어 있으면 얘기가 달라진다.

오 할의 확률로 죽을 수도 있다는 말이었다.

혈고를 잘못된 방법으로 제거하려고 들면 신체 안에서 터진다.

동시에 오장육부가 녹아내린다.

이게 오 할의 확률로 일어날 일이었다.

순간 장자명은 향로가 있는 쪽으로 손을 뻗었다.

향로에 붙은 불을 끄기 위해서였다.

불을 끄고 다시 정확한 제거 방법을 찾는 것이 맞았다.

그때였다.

누군가 장자명의 목덜미를 눌렀다.

툭!

동시에 장자명은 석상이 되었다.

뒤쪽에서 심미호가 낮은 목소리로 말했다.

"미안해요, 장 의원. 주군이 이번 치료를 방해하는 사람이 있으면 마혈을 제압하라고 했거든요."

"아무리 그래도……."

장자명은 말을 잇지 못했다.

심미호가 아혈까지 제압했기 때문이다.

그때 한빈이 옆으로 손을 내밀자 설화가 은침 몇 개를 꺼냈다.

은침을 건네받은 한빈이 환자들을 주시하며 말을 이었다.

"지금 향로를 닫으면 저 사람들을 치료할 방법은 없습니다."

말을 마친 한빈은 은침 하나를 던졌다.

그 은침은 장자명의 어깨로 날아갔다.

푹.

장자명의 아혈을 풀어 준 것이다.

"팽 공자, 살려야 합니다. 다른 이는 몰라도 저 여인은 살려야 합니다. 살려 주시면 삼 년이 아니라 평생 공자께 충성을 바치겠습니다."

"저분이 장 의원이 좋아하는 분 맞습니까?"

"마, 맞습니다. 내 목숨과 바꿔도 상관없습니다."

"그런 방법 따위는 존재하지 않습니다. 장 의원이 더 잘 아시지 않습니까? 제가 아무리 노력해도 확률은 반반입니다. 하지만 장 의원이 저를 방해하면 확률은 더 낮아집니다.”

“······.”

장자명은 말없이 마른침을 삼켰다.

자신이 해야 할 것이 천지신명께 기도하는 일밖에 없음을 깨달았기 때문이다.

아니, 그는 자신이 기도해야 할 대상이 한빈이라는 것을 알고 있었다.

“팽 공자님, 부탁드립니다.”

그 말을 마지막으로 장자명은 입을 굳게 닫았다.

그 표정을 본 심미호가 제압했던 점혈을 풀었다.

픽.

마혈이 풀렸지만, 장자명은 움직이지 않았다.

한빈의 행동을 방해하고 싶지 않았기 때문이다.

장자명은 넋이 나간 듯 그저 치료를 이어 가는 한빈을 바라봤다.

사실 장자명은 억울했다.

저 선물을 주면서도 사매에게 고백을 못 했다.

백독문을 뛰쳐나오면서도 그녀에게 고백할 엄두를 내지 못했다.

이번에는 고백할 수 있을까?

사매에게 고백하기에는 자신이 초라해 보였다.

다만, 한빈이 영웅으로 만들어 준다는 약속에 한 가닥 희망을 걸고 있었다.

그런데 사매가 죽는다면 모든 것이 헛수고였다.

그때였다.

한빈의 손이 빠르게 움직였다.

휙!

한빈의 손에서 은침이 나아갔다.

하나의 은침이 아니라 여러 개가 동시에 뻗어 나갔다.

비슷한 소리가 동시에 울렸다.

푹. 푹.

은침이 살에 꽂히는 소리였다.

한빈은 잠시 그들을 바라봤다.

매의 눈으로 그들을 살핀 한빈이 손을 내밀었다.

설화가 다시 은침을 한빈에게 건넸다.

다시 한빈이 손을 뻗었다.

푹! 푹!

한빈의 은침은 원하는 곳에 정확히 박혔다.

그도 그럴 것이, 단순한 수법이 아닌 용린검법 중 백발백중의 수법을 쓰고 있었다.

공력을 이렇게 소모하는 이유는 지금의 은침 하나하나가 그들의 목숨과 연관되어 있기 때문이다.

세 번째 침을 쏘아 낸 한빈이 소맷자락을 펄럭이며 옷자락을 털었다.

한빈은 눈을 가늘게 뜨고 이후의 변화를 바라봤다.

그들을 확인한 한빈이 천천히 걸어갔다.

한빈의 손에는 백색 호리병이 들려 있었다.

천천히 가부좌를 튼 이들에게 다가간 한빈은 은침을 뽑아 백색 호리병 속에 넣었다.

한빈은 제자리로 돌아와 장자명에게 눈짓했다.

"이제 상태를 살펴봐도 좋습니다, 장 의원."

"그래도 괜찮겠습니까? 팽 공자?"

"혈고는 모두 제거했습니다."

"대체 언제 제거를……."

장자명은 말끝을 흐렸다.

한빈이 호리병을 내밀었기 때문이다.

그 호리병 안에는 흉물스러운 생물이 꿈틀거리고 있었다.

그 모습은 마치 거머리와도 같았다.

장자명도 혈고를 본 것은 이번이 처음이었다.

그때 한빈이 말을 이었다.

"이건 아마도 기혈고라는 혈고일 겁니다. 사람을 가사 상태로 만드는 효과가 있죠. 주로 포로에게 사용하는 혈고입니다."

"대체 그걸 어떻게 아십니까? 팽 공자."

"그건……."

"비밀이겠지요."

"비밀은 아닙니다. 서책에서 봤습니다."

한빈이 웃었다.

물론 반은 거짓말이었다.

일반적인 서책은 아니었다.

전생에 겪었던 마교와의 전쟁은 혈고뿐 아니라 수만 가지의 독도 동원되었다.

귀검대의 대주로서 한빈은 모든 수법을 다 알고 있어야 했다.

적의 수법을 알고 때로는 이용하기도 했다.

전생에도 한빈은 혈고의 사용법과 제거법을 아는 몇 안 되는 사람이었다.

한빈은 팔짱을 끼고 상황을 살폈다.

가부좌를 튼 이들의 혈색이 돌아왔다.

완벽하지는 않지만, 일단 살아 있는 사람이라고 느낄 수 있을 정도였다.

장자명은 오로지 그의 사매만 챙기고 있었다.

얼마 동안 이곳에 갇혀 있었는지는 모르겠지만, 기력을 찾으려면 한참이 걸릴 것이 분명했다.

한빈은 기다릴 시간이 없었다.

이곳은 백독문의 독진 속이었다.

해가 지면 한빈과 청화는 괜찮겠지만, 나머지 사람들은 위험했다.

잠시 상황을 지켜본 한빈은 그들에게 다가갔다.

그러고는 용린검법의 초식 중 하나를 떠올렸다.

'기사회생!'

본래 상태의 구 할까지 회복시키는 수법이었다.

문제는 환자가 여섯 명이라는 점이었다.

한빈은 정확히 육 등분을 해서 그들에게 펼쳤다.

계산상으로는 대략 칠분의 일 정도는 기력을 회복했을 것이다.

처음부터 한빈이 기사회생을 펼치지 않은 이유는 하나였다.

그것은 혈고가 남아 있을 가능성 때문이었다.

기사회생의 효과가 혈고에 영향을 미친다면?

상상도 할 수 없는 결과를 초래한다.

한빈의 기사회생 덕분에 여기저기서 숨소리가 들려왔다.

마치 긴장에서 깬 것처럼 그들은 멍하니 한빈 일행을 바라봤다.

얼굴에 도는 핏기를 보니 예상했던 것보다 기사회생의 효과가 더 좋은 듯했다.

얼굴만 보면 기력의 반 정도를 회복한 것 같았다.

그들 중 누군가 입을 열었다.

"사형이에요?"

장자명이 사매라고 했던 여인이었다.

장자명이 조용히 고개를 끄덕였다.

"맞아, 나야."

"다 들었어요."

"듣다니……?"

"꿈속에서 사형 목소리를 들었어요. 저를 꼭 살려 달라고……."

그녀의 말에 장자명의 표정이 굳었다.

본의 아니게 자신의 고백을 사매가 들은 것이다.

옆을 보니 한빈이 웃고 있었다.

순간 장자명의 머릿속에는 하나의 가능성이 떠올랐다.

장자명은 고개를 돌려 한빈을 바라보고 낮은 목소리로 물었다.

"팽 공자, 진짜 치료에 성공할 확률이 오 할이었습니까?"

"지금 생각해 보니 십 할이었습니다. 물론 누군가 방해했다면 확률은 내려갔겠지요."

"흠."

장자명은 헛기침하며 고개를 돌렸다.

아무리 생각해도 진심을 외치도록 한빈이 유도한 것 같았다.

그때 장자명의 사매가 말했다.

"사형은 제 영웅이에요. 그리고 제 사제들에게도요."

기력이 돌아왔는지 이번에는 제법 목소리가 컸다.

덕분에 모두가 똑똑히 들을 수 있었다.

한 시진 후.

한빈 일행은 독진을 겨우 벗어날 수 있었다.

장자명은 계속해서 뒤쪽을 힐끔 바라봤다.

그도 그럴 것이 장자명의 사매와 다른 제자들은 뒤쪽에서 따라오고 있었다.

백독문의 옷이 아닌 적혈맹호대의 복장을 한 채로 말이다.

아직 혼자 걷기에는 힘에 부치기에, 그들은 적혈맹호대의 부축을 받고 있었다.

장자명의 사매는 특별히 설화가 부축하고 있었다.

어찌 보면 특별 대우였다.

설화에게 사매를 맡긴다면 안전은 걱정할 필요가 없었다.

이곳에서 가장 빠른 것이 한빈이었고 그다음이 설화였다.

상황이 여의치 않으면 가장 먼저 위험을 피할 수 있는 사람이 설화였다.

장자명은 이런 배려가 고마웠다.

한편으로는 이해되지 않는 부분도 있었다.

저들에게 변복을 시킬 이유가 없다고 생각했기 때문이다.

죽을 고비를 넘겼으니 빨리 백독문으로 복귀해서 이 상황을 알리는 것이 맞았다.

그런데 한빈은 저들을 적혈맹호대 대원으로 변복시켰다.

복장뿐이 아니라 제법 공을 들여 변장을 시켰다.

본래 외모가 돌아온다고 해도 저들을 알아볼 사람이 없을
터였다.

장자명이 봤을 때는 완벽한 변장이었다.

이번 사건을 철저히 숨기겠다는 의도였다.

대체 이유가 무엇일까?

궁금했지만, 장자명은 묻지 않았다.

한빈이 말해 주지 않는 데에는 이유가 있을 것이 분명했
다.

더 이상한 것은 사매는 자신이 왜 이런 일을 당했는지도
기억 못 하고 있었다는 점이다.

그들은 백독지회에 쓸 물건을 구하기 위해 백독문을 나섰
다가 변고를 당했다고 했다.

적은 아무런 요구도 하지 않았다고 한다.

그저 혈도를 제압한 후 혈고를 심고 나서 이상한 공간에
가둔 것이다.

그것도 여섯 명이 한꺼번에 당했다고 한다.

모든 것이 오리무중인 상황이었다.

장자명은 사매가 걱정되어서 자꾸 뒤를 돌아보았다.

그때 한빈이 웃으며 말을 걸었다.

"눈 빠지겠습니다, 장 의원."

"아, 아닙니다."

"계약서는 안 써도 되겠지요?"

"계약서라니요?"

"아까 장 의원이 제게 약속한 거 말입니다."

"……아."

"약속은 약속이니 지키시겠지요?"

"그럼요. 저는 거짓말은 안 합니다. 제 명예를 걸고 약속합니다."

"명예를 건다니 조금 의심스러운데요."

한빈이 웃자 장자명이 재빨리 답했다.

"사매를 걸 수도 있습니다."

"하하."

한빈은 어이가 없다는 듯 웃었다.

장자명이 약속을 지킬 것을 한빈은 알고 있었다.

문제는 영원히 충성하겠다고 한 말을 한빈이 받아들일 수는 없다는 것.

때가 되면 보내야 하는 것이 이치였다.

마치 자식을 출가시키듯 말이다.

그들은 계속해서 백독문을 향해서 걸어갔다.

얼마나 갔을까.

저 멀리 담장이 보일 때였다.

눈앞에 이상한 광경이 들어왔다.

각양각색의 복장을 한 자들이 백독문의 정문에 진을 치고 있었다.

일부는 모닥불까지 피워 놓은 것으로 봐서 이곳에서 노숙한 것이 분명했다.

장자명은 고개를 갸웃했다.

독진을 벗어났지만, 담장 밖은 위험한 것이 바로 이곳 백독곡이었다.

그런데 저렇게 진을 치고 있다고?

대충 상황을 보니 백독지회에 참가한 독인들이 분명했다.

그들을 본 한빈은 아무렇지 않게 그들을 향해 걸어갔다.

휘적휘적 걷던 한빈이 장자명을 바라봤다.

"저들 중 아는 자가 있습니까?"

"있습니다. 저곳에 있는 줄무늬 세 개의 무복은 삼독문의 독인입니다. 그리고 저기 있는 적색 무복은 적혈문, 사파가 아니라 독문 중 하나입니다. 그리고……."

장자명은 쉬지 않고 그들을 설명했다.

설명이 끝나자 한빈이 고개를 갸웃했다.

"그럼 중원의 독인들은 다 모인 게 아닙니까? 그럼 누가 백독지회에 참석한 것이죠?"

"그건……."

장자명은 답하지 못했다.

생각해 보니 백독지회에 참석할 만한 독문을 모두 읊었다.

그러니 지금 상황은 손님을 내팽개친 채 문을 걸어 잠갔다는 뜻이었다.

대체 이게 어떻게 된 것일까?

장자명은 예전에 문주를 도와 백독지회를 진행한 적이 있었다.

그가 아는 한도 내에서 이런 예는 없었다.

아무래도 변고가 생긴 것이 분명했다.

한빈 일행은 독인들의 앞에 섰다.

독인들은 갑작스럽게 나타난 한빈 일행을 경계했다.

그들의 일부와 안면이 있는 장자명은 재빨리 한빈 일행을 소개했다.

"여긴 하북팽가의 대공자님입니다. 그리고 저기는 무당파의……."

장자명의 소개에 포권지례를 나눴지만, 독인들의 눈빛은 더욱 날카롭게 빛났다.

그도 그럴 것이, 독인들은 정파보다는 사파에 가까웠다.

수많은 독문 중 사천당가만이 정파에서 자리를 잡았을 뿐, 나머지는 모두 사파에 가까웠다.

여기에서 사파에 가깝다는 표현을 쓴 것은 정확히는 사파에 속한 것도 아니라는 말이었다.

그러니 그들이 정파를 의심스러운 눈으로 보는 것은 당연했다.

독이란 은밀하고 비겁한 수단이라는 것이 정파인들이 가지는 기본적인 생각이었다.

한창 소개를 하던 장자명이 고개를 갸웃했다.

방금까지 옆에 있던 한빈이 사라졌기 때문이다.

장자명이 아무리 둘러봤지만, 한빈의 모습은 어디에도 없었다.

그때 누군가 장자명의 앞으로 걸어왔다.

선이 세 줄 그어진 흰색 무복을 입은 여인이었다.

그녀를 보자 장자명이 재빨리 포권했다.

"삼독문의 미독, 문도희 대협을 뵙습니다."

"호호, 대협은 무슨 대협? 그냥 누나라고 하라니까. 안 본지 한 오 년 정도 되었던가? 그사이에 많이 컸네."

"흠, 엄연히 배분이 있는데 그러면 안 되죠."

장자명이 한 발 뒤로 물러났다.

상대는 이곳에 모인 독인 중 독술이 뛰어난 다섯 명 중 하나였다.

사실 삼독문이라는 문파는 사천당가와 백독문 다음가는 독문이었다.

그중에서도 문도희는 가장 출중하다는 독인.

어릴 때 문도희는 문주 몰래 술을 훔쳐 먹다가 걸린 적이 있었는데, 나중에 알고 보니 그건 술이 아니었다.

한 방울만 먹어도 오장육부가 그대로 녹아내린다는 칠장산을 열두 살 소녀가 아무렇지 않게 먹은 것이다.

물론 삼독문은 발칵 뒤집혔다.

아까운 인재 하나가 그대로 세상을 뜰 상황이었다.

일반인이 아니기에 발작이 늦게 일어나는 것이라고 생각했다.

하지만 일주일이 지나도 문도희는 멀쩡했다.

한 달이 지나도 멀쩡하자, 삼독문은 그녀를 만독불침의 체질이라고 판단했다.

사람들은 열두 살에 칠장산을 먹은 다음 성격이 괴팍해졌다고 하지만, 장자명의 생각은 달랐다.

열두 살 소녀가 문주가 숨겨 놓은 술을 훔쳐 먹었다는 자체가 떡잎부터 글러 먹었다고 확신했다.

그도 그럴 것이 스무 살이나 많은 여인이 자꾸 동생, 동생하면서 친한 척하는 게, 장자명은 몹시 불쾌했다.

그런데 대놓고 뭐라고 할 수도 없는 것이, 한번 찍히면 상대가 피똥 싸는 것을 봐야 돌아선다는 것이 미독 문도희였다.

여기서 미독(味毒)이란 항상 독을 즐기기에 쓰는 별호였다.

문도희가 피식 웃으며 손을 저었다.

"누나한테 겁먹는 건 예나 지금이나 똑같네."

"제가 언제 겁을 먹었다고 그러십니까? 문도희 대협."

"그래그래. 그나저나 백독지회에 참석해서 노숙해 보기는 처음이네."

"문주님이 손님을 밖에서 기다리라고 했다고요?"

"그래. 우리는 백독지회에 맞춰서 정확히 도착했는데 문을 안 열어 주는 거야. 딸랑 쪽지 하나 남기고 말이야."

"쪽지 좀 볼 수 있을까요?"

"쪽지를 왜 보여 달라는 거야? 직접 들어가서 물어보면 되잖아."

"제가 사정이 있어서요."

"꼭 백독문에 오랜만에 오는 사람 같네. 진짜 안쪽 사정을 모르는 거야?"

문도희가 고개를 갸웃하며 자신의 귀밑머리를 돌돌 만다.

장자명이 한숨을 내쉬었다.

"오랜만 맞아요. 한 삼 년 만이니……."

"짧은 시간에 성취를 이뤘구나. 축하해."

"성취 같은 것은 없었습니다."

"백독문은 성취가 없으면 강호로 나가지 못하는 거로 아는데."

문도희가 장자명을 바라봤다.

그녀의 말대로 백독문의 규율은 엄해서 일정한 단계의 성취를 이루지 못하면 강호로 나갈 수 없었다.

그런데 장자명은 그 규율을 어기고 사문에서 나온 것.

장자명은 힐끔 주변의 눈치를 봤다.

문도희의 목소리가 컸는지 다른 독인들도 모여들었다.

장자명이 기어들어 가는 목소리로 말을 이었다.

"그게……."

"혹시 가출한 거야? 뭐, 외출이나 가출이나 한 자 차이지. 그리고 보니 성취가 있는 게 맞네."

"그게 무슨 말씀이에요?"

"규율을 깰 수 있다는 게 성취가 아니고 뭐겠어? 낡은 것을 깨야 새로운 게 나오는 법이지."

문도희는 장자명의 어깨를 탁탁 쳤다.

그러고는 조용히 쪽지를 건넸다.

쪽지를 건네받은 장자명이 내용을 확인했다.

내용은 문도희가 말한 대로였다.

이곳에 모인 독인들에게 미안함과 함께 잠시 기다려 달라는 내용이었다.

합당한 이유도 있었다.

행사를 준비하면서 중요한 독충을 넣어 놓은 항아리가 깨졌다고 했다.

그 독충을 모두 수거한 후 손님을 받을 거라고 했다.

독충의 종류에 대해서는 적지 않았지만, 다른 독인들은 모두 수긍하는 듯 보였다.

그도 그럴 것이, 잘못해서 독충이 밖으로 빠져나가거나 아니면 손님이 그 독충에 해를 입기라도 하면 백독지회는 그야말로 난장판이 된다.

독인의 사정은 독인이 가장 잘 안다고, 백독문이 합당한 이유를 대자 성격이 괴팍한 독인들도 여기에서 말없이 기다리고 있었던 것.

그래도 이해가 안 가는 게 있었다.

"이상하네요. 저희 사부님이 백독지회를 앞두고 이런 실수를 하실 분이 아닙니다. 혹시 무슨 일이라도……."

"이 쪽지는 내가 대표로 받은 것이 아니야. 모든 문파에 개별로 뜻을 전달한 걸 보면, 시간은 넉넉했다는 거니 그렇게 불안해하지 않아도 될 것 같아."

"알겠습니다, 대협."

장자명은 그녀에게 고개 숙이고 뒤돌아섰다.

알아볼 건 다 알아봤고 이제부터 어떻게 해야 하느냐가 문제였다.

그 지시를 내릴 사람은 당연히 한빈이었다.

아무리 둘러봐도 한빈의 모습은 보이지 않았다.

이제는 조금 전까지 있던 팽혁빈의 모습도 보이지 않았다.

이쯤 되자 장자명은 더욱 불안해졌다.

어찌 보면 여기에서 돌아가는 것이 맞을 수도 있었다.

사매를 구해 냈다지만, 그건 밝히지 말라고 했다.

그렇다면 백독문에 발을 들여놓는 순간 돌 맞은 개구리처럼 뻗을 수도 있었다.

사부의 독은 그만큼 무서웠다.

그리고 그는 문파의 규율을 철저히 지키는 사람이었다.

이런 사정들을 한빈에게 몇 번씩 털어났다.

그때마다 한빈은 걱정하지 말라고 했다.

어라?

장자명이 눈을 가늘게 떴다.

한빈과 팽혁빈뿐 아니라 이제는 설화와 청화 그리고 소군까지 보이지 않았다.

다들 어디로 간 것일까?

이쯤 되니 장자명은 바늘방석에 앉은 것처럼 불편했다.

장자명이 불편한 것은 안 보이는 이들 때문만은 아니었다.

다른 독인들의 시선도 장자명을 불안하게 만들었다.

어떤 독인들은 장자명을 배신자 보듯 쏘아보고 있었다.

장자명도 이 부분은 이해할 수 있었다.

백독지회에 외부인을 데려왔으니 곱게 볼 리는 없었다.

문도희와 대화를 나눈 직후에도 대다수의 독인들은 경계를 풀지 않았다.

독인들에게 정파인들은 이방인이었다.

아마도 무당의 현문이 이 자리에 없었었다면, 쫓겨났을 것이 분명했다.

독인들의 경계심 가득한 눈초리가 따갑게 느껴질 때였다.

팽혁빈이 어디선가 걸어왔다.

장자명은 반가움에 재빨리 달려가 그의 손을 덥석 잡았다.

"대공자, 잘 오셨습니다."

"안색이 왜 그럽니까? 장 의원."

"마음이 불편해서 그럽니다. 제가 무얼 하면 되겠습니까?"

"그러지 않아도 아우가 이걸 부탁하고 갔습니다, 장 의원."

그는 오른손에 서찰 하나를 들고 있었다.

장자명이 고개를 갸웃하며 팽혁빈의 오른손에 들린 서찰
을 바라봤다.

"그게 팽 공자의 계획이 담긴 서찰입니까?"

"맞습니다."

"제가 봐도 되겠습니까?"

"당연히 봐도 됩니다. 내 아우가 이 서찰은 장 의원의 것이
라고 했습니다. 그러니 부담 갖지 마시고 확인하시지요."

팽혁빈이 서찰을 건네자 장자명이 살짝 고개를 숙였다.

"감사합니다."

미미한 웃음이 장자명의 입가에 맴돌았다.

그것도 잠시, 장자명의 표정이 어둡게 변해 갔다.

장자명은 고개를 돌려 독인들을 바라봤다.

그러고는 다시 서찰을 확인했다.

몇 번이고 같은 동작을 반복하던 장자명은 마지막에는 울

상이 되었다.

"이건 제가 할 수 있는 임무가 아닌 것 같습니다, 대 공자."

"대체 무슨 내용이기에 그렇게 당황하십니까? 장 의원."

"직접 보시죠. 저보고 저 독인들을 통솔해서 하나를 만들라니 그게 말이 됩니까? 귀신이 와도 불가능한 일입니다."

장자명은 뒤쪽을 가리켰다.

그곳에는 아직도 따가운 시선을 보내는 독인들이 있었다.

사실 여기에는 방법이 하나 있었다.

사매가 납치당한 일을 털어놓고 위기를 알려서 저들을 하나로 묶는 것이다.

그런데 서찰에는 절대 사매의 귀환을 밝히지 말라고 쓰여 있었다.

그럼 저 독인들을 언변으로 회유하든지 힘으로 누르라는 것인데······.

그때 팽혁빈이 물었다.

"불가능하십니까? 제 아우가 장 의원에게 부탁한 것을 보면 가능할 것도 같습니다."

"제가 사 공자 밑에서 구르면서 많이 배우긴 했어도 저 노독괴들을 누를 수는 없습니다. 그리고 도끼눈을 뜨고 저를 보는데 제 말이 먹히겠습니까? 휴."

장자명이 한숨을 내쉬었다.

아무리 생각해도 이해할 수 없는 지시였다.

저들을 회유하거나 힘으로 누를 능력이 있다면 애초에 사부에게 맞아 죽을 걱정 따위는 하지 않았을 것이다.

이건 장자명의 능력 밖의 일이었다.

그때 장자명의 뒤쪽에서 하얀색 신형이 나타났다.

하얀 옷깃만 보고 장자명이 반색하며 고개를 돌렸다.

순간 장자명이 놀라 뒤로 물러났다.

"헉."

"아니, 조금 전에도 봤는데 왜 그렇게 놀라?"

문도희가 팔짱을 끼고 묻자 장자명이 솔직하게 답했다.

"저는 팽 공자의 시녀, 설화인 줄 알았어요. 그런데 대협이 거긴 왜?"

"이 자리를 전세 낸 거야? 내가 여기에 있든 말든 무슨 상관이람?"

"거기 계속 서 있으십시오, 대협."

"왜 또 삐지고 그래? 뒤에서 살짝 들었는데, 저 친구들을 휘어잡아야 한다면서? 그리고 보면 자명이는 머리가 잘 안 돌아가는 것 같아."

문도희가 피식 웃으며 장자명과 팽혁빈을 번갈아 바라봤다.

말은 장자명에게 했지만, 머리가 안 돌아간다는 범위에는 팽혁빈도 있다는 뜻이었다.

팽혁빈은 재빨리 표정을 수습하며 장자명에게 눈짓했다.

팽혁빈이 봤을 때 문도희라는 여인에게는 독인들을 휘어잡을 방법이 있는 것 같았다.

대충 이곳에 모인 자 중 다섯 손가락 안에 드는 독인이라고 들은 것 같았기에 기대감은 더욱 컸다.

팽혁빈의 시선을 받은 장자명이 고개를 끄덕였다.

그러고는 문도희에게 조심스럽게 물었다.

"대협, 무슨 방법이 있습니까?"

"누나라고 불러."

"네?"

"누나라고 부르면 가르쳐 줄게."

"……."

장자명은 잠시 말문을 잃었다.

뭔가 중요한 일에 하찮은 요구를 하니 장난처럼 느껴졌다.

문도희가 장자명의 속마음을 안다는 듯 말을 이었다.

"장난 같아? 내가 언제 거짓말한 적 있어? 싫으면 말고."

"자, 잠시만요……. 누나, 방법을 가르쳐 주세요."

"호호, 그렇게 나와야지. 잠시만 기다려 봐."

문도희가 활짝 웃으며 자리에서 사라졌다.

그녀는 독인들이 모인 장소로 걸어갔다.

그녀의 모습에 장자명과 팽혁빈은 마른침을 삼켰다.

아무래도 그녀의 말은 거짓이 아닌 듯 보였다.

그때였다.

문도희가 있는 자리에서 상상도 못 할 커다란 목소리가 흘러나왔다.

"중원의 독인 여러분! 나 미독 문도희가 한 가지 제안할 게 있어요!"

마치 사자후의 수법으로 외치는 것만 같았다.

제각기 볼일을 보던 독인들이 일제히 고개를 돌렸다.

모두의 시선을 모은 문도희가 다시 외쳤다.

"문이 열리려면 아직 시간도 많이 남은 것 같은데, 재미있는 놀이를 하나 하는 게 어떻겠어요?"

문도희의 외침에 바로 반응이 튀어나왔다.

"어떤 놀이요? 문 소저."

"놀이 중에 가장 재미있는 건 바로 싸움 아니겠어요? 구경하는 사람도 그렇고 참가하는 사람도 그렇고……."

"싸움이라?"

"우리 독인들도 다른 강호인처럼 비무 한번 해 보죠."

"흠, 조건은?"

"승자는 백독지회 동안 이곳의 왕이 되는 겁니다. 그럼 당연히 나머지는 신하가 되겠죠."

"오호, 나는 좋소. 문 소저는 항상 호탕하구려."

"이건 제 생각이 아니에요."

피식 웃은 문도희가 어딘가를 가리켰다.

예상 가능한 변고

문도희가 가리킨 곳은 장자명과 평혁빈이 있는 곳이었다.

갑작스러운 문도희의 지목에 장자명이 헛기침하며 시선을 피했다.

"흠."

그 모습에 문도희가 피식 웃더니 다시 말을 이었다.

"저기 있는 백독문의 장자명 소협이 외부에서 깨달음이라도 얻어 왔는지, 여기 있는 독인들은 일초지적도 안 된다고 하더군요."

그 말에 장자명의 얼굴은 사색이 되었다.

역시 미독 문도희는 믿을 만한 사람이 아니었다.

장난일까?

아니면, 장자명을 도와주려 함일까?

한편으로는 이해가 되는 것이 백독문의 앞마당에 중구난 방으로 모여 있는 독인들을 규합하기 위해서는 이런 계획이 가장 잘 어울릴 것이다.

호승심을 자극해서 상하를 가릴 판을 만드는 것은 어찌 보면 가장 고전적인 해결 방법이었다.

처음에는 미간을 좁히며 눈썹을 실룩대던 독인들이 다시 고개를 돌렸다.

다짜고짜 장자명을 내세우는 문도희의 발언은 독인들의 호승심에 불을 지폈다.

하지만 그 상대가 너무 가소로웠다.

이곳에 모인 독인들은 중원에서 독 좀 쓴다는 문파의 대표 자들이다.

그런데 백독문의 제자 중 하나가 밖에 나가서 배워 온 독 으로 이곳을 평정하겠다는 말이 먹히겠는가?

호랑이가 모깃소리에 꿈쩍도 안 하는 것과 똑같다.

귀찮고 가소로울 뿐이지 그들의 호승심을 자극하기에는 너무 약했다.

문도희는 그럴 줄 알았다는 듯 주변을 둘러봤다.

"혹시 빠지실 분 있으면 손을 들어 주세요."

"그게 무슨 말이오? 어찌 저런 애송이와 우리가 붙을 수 있다는 말이오."

적혈문의 문주가 푸른색 지팡이를 어깨에 걸치며 고개를 갸웃하자, 문도희가 말했다.

"뭐, 백독문의 문이 열리기 전까지 여흥을 마련해 보자는 겁니다. 장 공자와 싸우는 게 아니라, 우리 중 최고의 독인을 가려 보자는 거죠. 심심하지 않으세요?"

"흠, 그거라면 또 얘기가 다르잖소. 그냥은 재미가 없으니 한번 조건을 걸어 봅시다."

적혈문주가 입맛을 다시자 문도희가 다시 말을 이었다.

"저기 장자명 소협이 어떤 판돈을 걸어도 받아들이기로 했어요. 말했다시피 승자는 백독지회 동안 독인들의 수장이 되는 게 어때요?"

"백독지회의 최고 독인을 미리 뽑자는 말이요? 아직 백독문의 독인이 참석도 하지 않았는……."

"저기 있잖아요, 장자명 소협. 저 사람도 백독문의 제자이니 백독문의 대표라 할 수 있죠. 그리고 대표를 내지 않은 백독문의 잘못이지, 그게 우리 잘못이겠어요?"

"오호, 그거 좋은 생각이로군. 아홉의 독사와 열 마리의 호랑이, 하룻강아지 한 마리라……."

적혈문주가 입맛을 다셨다.

그들뿐이 아니었다.

모두는 군침을 삼켰다.

그도 그럴 것이, 이건 단순한 유희를 넘어서 그들의 자존심이 걸린 한판이었다.

"그럼 적혈문에서는 이번 승부에 참가하시는 것으로 알겠어요. 다른 문파들의 의향은 어떤가요? 빠져도 뭐라 안 하겠습니다."

문도희가 손짓하며 주변을 둘러봤다.

순간 독인들의 주변으로 대기가 공명했다.

우우웅.

독인들이 장자명을 보며 기세를 피워 냈기 때문에 나타난 현상이었다.

모두가 동시에 피워 내는 기세가 충돌해서 생긴 공명음에, 장자명이 한 발 뒤로 물러났다.

그때 독인 중 어떤 이가 번쩍 손을 들었다.

"내기는 좋지만, 승부는 확실히 합시다. 백독지회에서 겨루던 방식을 그대로 쓰는 것이 어떻습니까?"

말을 마친 자는 뱁새눈을 번뜩이며 주변을 둘러봤다.

그는 남해 쪽 독문인 미송파의 독인이었다.

모두는 고개를 끄덕이며 그의 말에 동의했다.

독공을 겨루는 것에는 두 가지 규칙이 있다.

첫째는 해약이 있는 독만을 상대에게 하독한다는 것이다.

둘째는 해약의 유무와 관계없이 상대의 목숨을 끊을 수 있는 독은 사용 안 한다는 것이었다.

독술은 그만큼 사람의 목숨을 앗아 가기 쉽기 때문이다.

상대의 목을 향하는 칼날은 거둬들일 수 있어도, 목구멍을 지나간 독은 거둬들일 수 없는 법.

실수로 상대 문파의 목숨을 앗아 간다면 독인들의 유대 관계도 허물어질 터였다.

이렇게 계속해서 백독지회가 유지될 수 있었던 이유는 그 많은 모임 중에서 불상사가 없었기 때문이다.

뱁새눈을 번뜩이던 미송파의 독인은 뒷짐을 지고 있다가 수하들에게 손짓했다.

그 손짓에 따라 수하들이 뒤쪽으로 빠졌다.

꽃

승부는 바로 시작되었다.

탁자를 하나 두고 양쪽으로 나란히 선 독인은 상대를 바라봤다.

지금 서 있는 자는 운남의 전사파와 적혈문주였다.

둘은 팔짱을 끼고 있다가 신호가 떨어지자 자신의 앞에 있는 술잔을 들이켰다.

적혈문주가 기분 좋게 웃었다.

"허허, 단장독을 야무지게 섞으셨구려. 이 정도면 안줏감으로는 딱이외다."

"적혈문의 연혼액도 만만치 않구려. 이 정도의 독은 운남에서는 반찬에 불과하지요. 그럼 두 번째 독을…….”

전사파의 독인은 말을 멈추고 귀를 쫑긋했다.

그 모습에 적혈문주가 물었다.

“왜, 자신이 없으시오?”

“그게 아니라, 어디서 소리가 들리지 않았소?”

“무슨 소리가 들린다고 그러시오?”

“아니, 분명히 비명을 들은 것 같아서 그러오.”

“이 근방에 우리 말고 누가 있다고 그러오? 승부에 임하기 싫다면 술잔을 놓고 뒤로 물러서시오.”

“우리끼리만 있으니 더 이상한 일입니다. 내가 들은 비명이 정확하다면 분명히 우리 중 하나의 비명일 테니 말입니다.”

“누가 위기에라도 빠졌단 말이오?”

“그건 모르지요. 정 내 말을 못 믿겠으면 다 비우고 증명하리다.”

말을 마친 전사파의 독인이 술잔을 비웠다.

그러고는 입술을 닦아 내고는 천천히 고개를 돌렸다.

“그럼 내가 가 보고 오리다.”

“그러시든가…….”

적혈문주는 상대가 겁을 먹고 물러나는 것이라고 생각했다.

전사파의 독인은 주변의 시선에 아랑곳하지 않고 수풀 속으로 사라졌다.

그 모습에 다른 독인들은 이내 시선을 거두었다.

그때였다.

전사파의 독인이 사라진 자리에서 비명이 울려 퍼졌다.

악!

그 소리에 독인들의 시선이 그쪽으로 모였다.

그때 적혈문주가 외쳤다.

"아마도 장난일 것 같소만!"

"전사파의 문도들은 귀가 다른 이들보다 몇 배는 밝지요. 그러지 않고서야 독충이 득실대는 운남에서 목숨을 부지할 수 없으니까요. 아마 아까 들었던 비명도 장난이 아닐 것 같다는 생각이 들어요."

문도희가 앞장섰다.

막 수풀로 들어가려는 순간 표지판 하나가 보였다.

금지(禁地)

문도희의 몸도 자연스럽게 멈췄다.

백독문에서 정해 놓은 금지였다.

저 안에 어떤 위험이 도사리고 있을지 몰랐다.

과연 가는 것이 맞을까?

문도희는 마른침을 삼킨 뒤 한 발 앞으로 나아갔다.

비록 문파는 다르지만, 독이라는 공통점 하나로 묶인 식구였다.

다른 문파의 어려움을 지금 모른 척하면 훗날 누가 자신의 문파를 도와주겠는가?

그때 적혈문의 문주가 조심스럽게 그녀의 소매를 잡았다.

"미독, 아무래도 좀 불길하네. 여기서 멈추는 것이……."

"문주님이 저곳에 있다고 해도 저는 쫓아갔을 겁니다."

"흠."

적혈문주는 헛기침만 했다.

불길하지만, 일단 그녀의 말이 맞았다.

문도희는 뭔가 생각났는지 뒤를 돌아봤다.

그곳에는 장자명이 있었다.

백독문에 오면 장자명을 놀리는 맛에 사는 문도희였다.

문도희가 외쳤다.

"남은 사람들은 모두 짐을 지키고 있으시오! 오로지 독인들만 따르시오!"

장자명에게 하는 말이었다.

장자명은 백독문의 인물이지만, 그 주변에 있는 정파의 인물은 독에 대해서 문외한이 분명했다.

그들이 금지 안으로 따라온다면?

위험성은 배가될 것이 불 보듯 훤했다.

고개를 돌리려던 문도희는 고개를 갸웃했다.

장자명이 불안한 듯 두리번거리고 있었기 때문이다.

마치 누군가를 애타게 찾는 모습이었다.

물론 장자명이 찾는 것은 한빈이었다.

묘한 상황에서 기다렸다는 듯이 사건이 발생했다.

장자명이 보기에 이것은 작은 조짐에 불과했다.

그렇다면?

지금 필요한 것은 누군가의 힘이었다.

불안한 듯 두리번거리는 장자명을 본 문도희는 피식 웃었다.

저리 겁이 많은 아이는 아니었던 것 같았는데.

고민을 지운 문도희는 재빨리 앞으로 나아갔다.

그녀가 앞장서자 다른 독인들도 조심스럽게 뒤를 따랐다.

얼마나 갔을까?

다시 비명이 울렸다.

악!

아까보다는 조금 가까운 곳에서 들리는 비명이었다.

문도희는 재빨리 경공술을 최대한으로 펼쳤다.

누가 보면 풀 위를 날아다니는 나비로 착각할 정도였다.

그녀는 독인치고는 상상도 할 수 없는 뛰어난 무공의 소유자였다.

뒤에서 그녀를 따르던 독인들도 감탄을 자아냈다.

수풀 속에서 한참을 달려 들어간 문도희가 외쳤다.

"전사파의 문주가 쓰러져 있어요!"

그녀의 외침에 독인들이 웅성대기 시작했다.

"어떻게 된 거지?"

"그러게 말이야."

"그러고 보니 저건 중독 증상이 아닌가?"

독인들의 말대로였다.

전사파의 문주는 얼굴이 파래져서는 입에 게거품을 물고 있었다.

문도희는 그의 상태를 살피더니 고개를 갸웃하며 적혈문의 문주를 바라봤다.

"문주님, 이게 어떻게 된 거죠?"

"뭐가 말입니까?"

"어떤 독을 쓰셨습니까?"

"미독 대협도 옆에서 듣지 않았습니까? 첫 번째는 연혼액을 넣었고 두 번째는 지음독을 섞었습니다. 그리고 세 번째는……."

"됐습니다. 전사파의 문주가 마신 독은 두 번째 독까지니까요. 그런데 증세가 연혼액이나 지음독과는 전혀 다르지 않습니까?"

"흠."

"일단 해약부터 주시지요."

문도희가 손을 내밀자 적혈문의 문주는 환약 한 알을 내밀었다.

환약을 받은 문도희는 재빨리 전사파 문주의 입에 환약을 넣었다.

환약은 그의 입술 사이로 녹아내렸다.

환약을 먹자 핏기를 찾는 듯했지만, 갑자기 전사파 문주가 몸을 들썩였다.

그러더니 피를 뿜어냈다.

"푸읍!"

그가 뿜어낸 피 분수가 주변을 덮었다.

순간 문도희는 무언가 잘못되었음을 알았다.

그녀는 재빨리 가부좌를 틀었다.

갑작스러운 그녀의 모습에 주변에 있던 독인들이 주춤주춤 물러났다.

그것도 잠시, 주변에 있던 독인들이 자리에서 쓰러졌다.

픽. 픽.

마치 수수깡이 쓰러지듯 아무 힘 없이 땅에 뒹구는 독인들.

그나마 독공에 조예가 깊은 이들은 가부좌를 틀고 독기를 몰아내려 애를 썼다.

문도희는 살짝 눈을 떴다.

주변에는 가부좌를 틀고 독기를 막기 위해 애쓰는 독인이 삼분지 일이요.

힘없이 널브러져 있는 독인이 삼분지 이였다.

그때 문도희의 귓가에 적혈문주의 목소리가 들려왔다.

"미독 대협, 이건 혹시……."

"진혈독이 맞아요."

"진혈독이라 함은……."

"네, 금지된 그 독이죠. 나라에서도 금지했기에 중원의 독문들은 진혈독만은 쓰지 않죠."

진혈독은 피를 매개로 독을 전염시킨다.

거기에 더해 온몸을 마비시키며 신체를 부패시키는 극독이었다.

그 전염성과 상상도 못 할 증세 때문에 국가에서는 그 독을 제조한 사람 혹은 문파를 반역죄로 다스린다.

이 때문에 진혈독은 중원에서 사라진 지 백 년도 넘었다고 전해진다.

"말이 독이지, 그건 전염병이 아니오?"

"그러니 나라에서 금지한 것이지요. 그런데 어떻게……. 아니 대체 누가 진혈독을 백독지회에 가지고 들어온 거죠? 혹시 적혈문이?"

문도희의 말에 적혈문주가 가부좌를 튼 채 이를 부득 갈았다.

"우리가 가지고 왔다면 내가 이러고 있겠소?"

"그래도 이상하잖아요, 적혈문주."

"뭐가 이상하단 말이오?"

"적사파의 문주가 마지막으로 복용한 것이 적혈문의 독이잖아요. 그럼 당연히······."

"그 독이 진혈독이면 내가 이러고 있겠냔 말이오!"

말을 마친 적혈문주는 거칠게 헛숨을 토해 냈다.

쿨럭!

그의 입가에 검붉은 피가 흘러나오자 문도희가 손을 내저었다.

"믿을게요. 일단 여기에서 벗어나는 것이 먼접니다."

"벗어난다 해도 혈독을 제거할 약제가 없잖소!"

"혈독에 대한 해약은 없지요. 대신 모든 문파들의 약제를 모아 보면 혈독이 퍼지는 걸 막을 약제는 만들 수 있지 않을까요?"

"흠, 대체 누가 이런 일을 꾸몄던 말이오? 혹시 남겨진 자들 중에······."

"남겨진 자들이라면? 백독문의 장 소협 말인가요?"

"그자와 정파의 인물들 말이오. 뭔가 수상하지 않소?"

"흠, 장자명은 제가 오래 봐 왔지만, 그럴 아이는 아니에요."

"그 아이는 원하지 않았어도······. 정파의 사악한 혓바닥에 놀아났다면?"

"그것도 가능성은 작아요. 정파가 독문 전체랑 척을 지려 할 리가 없죠."

"아까 최고의 독인이 백독지회 동안 휘어잡는다는 둥 한 거 말이오. 그자들의 생각 아니오? 모른 척하고 있었지만, 다 들었소이다."

"흠."

문도희가 눈을 가늘게 떴다.

적혈문주의 말에 반박할 수 없었다.

하지만 그들의 말을 엿듣고 이런 상황을 만든 것은 문도희 자신이었다.

자신이 장단을 맞춰 주지 않았다면?

승부 따위는 벌어지지 않았을 것이다.

정파의 인물들이 이런 함정을 팠다고 생각되지는 않았다.

문도희가 침묵 끝에 입을 열었다.

"누가 그랬느냐가 중요한 게 아니죠. 어떻게 살아남느냐가 중요하죠."

"맞소. 그럼 일단 진혈독부터 차단하고 보는 게 좋을 것 같 소. 그러려면……."

"밖에 두고 온 약초가 필요합니다. 일단 밖에 있는 사람들 에게 신호부터 보내죠."

문도희도 눈짓했다.

진혈독에 대한 첫 번째 대처 방법은 움직이지 않는 것이 우선이었다.

움직이면 신체의 일부가 썩어들어 가니 반드시 필요한 조치였다.

그렇다고 가만히 있으면 이 자리에서 늑대 밥이 될 것은 뻔한 일.

지금 그들이 가부좌를 틀고 있는 곳은 갈대가 머리끝까지 솟아오른 갈대밭이었다.

이곳에 그냥 앉아만 있으면 누군가 발견하기도 힘들었다.

여기에서 살아 나갈 방법은 외부인에게 도움을 청하는 것이 유일했다.

문도희의 뜻을 알아챈 적혈문주가 눈을 가늘게 떴다.

"정파인들 말인가?"

"그들밖에 더 있겠습니까? 그 신호탄을 쓰시지요, 적혈문주님."

"신호탄이라니, 그게 무슨 말이오?"

"그 지팡이에 있는 독탄 말이에요."

"독탄이라……."

"왜 모른 척하세요. 지금이야말로 그걸 쓸 때예요."

"이 독탄을 쓰면 여기 있는 사람들이……."

적혈문주는 자신의 지팡이를 바라봤다.

푸른빛이 감도는 해골 모양의 장신구가 달려 있는 지팡이였다.

적혈문주는 이를 악물었다.

이것은 문주의 표식이면서 동시에 구명줄이었다.

지팡이에 달린 장식을 발동시키는 순간, 주변에 독연이 피어난다.

본래에는 탈출 용도로 숨겨 놓은 비장의 한 수였다.

누군가에게 손을 내미는 게 아니라 꼬리를 감추고 숨기 위해 숨겨 놓은 독탄이었다.

이걸 여기서 터뜨리면 외부에서 한눈에 알아볼 것이다.

또다른 문제는 독탄이 단순한 연막탄이 아니라는 점이었다.

치명적인 독은 아니지만, 피부에 수포를 발생시키며 가려움증을 유발하는 독이었다.

탈출용 독탄이기에 별도로 해독제도 가지고 다니지 않았다.

한 번 맞으면 하루 동안 몸의 곳곳을 벅벅 긁어 대는 수모를 겪어야 했다.

진혈독과 적혈문의 독탄이 섞이면?

진혈독에 어떤 영향을 미칠지 적혈문주도 알 수 없었다.

아니, 그보다 더 중요한 것은 밖에 있는 자들이 이 신호를 보고 적당한 약제를 들고 올 수 있냐는 점이었다.

이곳에 섣불리 왔다가 중독이라도 된다면?

적혈문주가 고민하자 문도희가 말을 이었다.

"진혈독보다 더 강한 독이 있나요? 그리고 지금은 상황이 심상치 않음을 밖에 알리는 게 맞아요. 우리가 죽더라도, 밖에 있는 사람들은 목숨을 부지해야죠."

"좋소."

적혈문주가 고개를 끄덕였다.

그는 잠시 운기조식을 멈추고 자신의 지팡이를 잡았다.

그러고는 앉은 상태에서 그 지팡이를 반으로 부러뜨렸다.

딱.

그는 반 토막 난 지팡이를 곧게 들었다.

문도희는 부러진 지팡이의 사이로 심지가 타들어 가는 것을 보았다.

문도희도 적혈문주의 신물에 대해서 소문으로만 들었지, 이렇게 사용하는 것을 보는 것은 처음이었다.

타들어 가던 심지가 갑자기 소음을 냈다.

피슝!

지팡이에서 해골 모양의 장신구가 허공으로 쏘아졌다.

갈대숲 위로 솟은 해골 장신구가 이전보다 더 큰 소음을 내며 터졌다.

파앙!

동시에 붉은색 연기가 사방으로 퍼져 나갔다.

팡!

제법 멀리 떨어진 곳에서 올라온 붉은색 연기에, 장자명이 눈을 크게 떴다.

누가 보냈는지는 몰라도 조금 전 이곳을 떠난 독인들에게 변고가 일어났음이 분명했다.

"쓰읍."

장자명은 자신도 모르게 마른침을 삼켰다.

뒤쪽을 보니 적혈맹호대로 분장하고 있는 사매도 살짝 어깨를 떨고 있었다.

사매의 납치도 백독문의 입장에서는 경천동지할 변고였다.

그런데 천하 독인들에게 무슨 일이 생겼다면?

이건 생존의 문제였다.

주변을 둘러보니 현문은 침착하게 팔짱을 끼고 상황을 주시하고 있었다.

적혈맹호대도 제자리를 지키며 경계하고 있다.

가장 안절부절못하는 이들은 의외로 남아 있는 독인들이었다.

독인들의 제자 중 독공의 수행이 낮은 몇몇은 이곳에 남아 있었다.

그들은 연기가 피어오르는 곳으로 뛰어가려다가 멈칫하기를 반복했다.

어찌해야 할지를 모르는 것 같았다.

장자명은 이곳의 최고 책임자는 자신임을 깨달았다.

최소한 독인 중에서는 말이다.

사 공자도 서찰에 이곳을 장악하라고 부탁하지 않았던가?

아마 이런 일이 있을 것을 알고 보낸 서찰일 수도 있었다.

그렇다면 어떻게 해야 할까?

장자명은 모두를 향해 외쳤다.

"모두 멈추시오! 지금 즉시 각 문파에서 가지고 온 약제를 정리하시오. 약제는 해독제에 쓰이는 재료부터 챙기시오. 그리고 남은 독문들은 약재를 가지고 이쪽으로……."

장자명은 빠르게 지시를 내렸다.

몇몇은 짐을 들고 장자명의 앞으로 걸어왔다.

하지만 대부분의 남은 독인들은 당황한 목소리로 웅성대기 시작했다.

"해약에 쓸 재료가 없어졌다!"

"헉, 우리도 없어졌어."

"대체 누가……."

"이상하네그려. 여기 미송파의 독인이 안 보이는데……."

"잠시만, 미송파의 독인들은 하나도 안 보인다고?"

"그럼……."

"함정이다!"

"함정이면 일단 자리를 떠야 하는 게 맞잖아."

"문주님은 어떻게 하고?"

"어르신들도 구조 요청을 보낸 걸 텐데 우리가 어떻게 해!"

남은 독인들의 주변은 순식간에 아수라장이 되었다.

장자명은 일단 그들에게 걸어갔다.

터벅터벅.

주먹을 불끈 쥔 장자명은 낮은 목소리로 한마디를 외쳤다.

"영웅은 아니지만……!"

그는 뒷말을 삼켰다.

지금의 상황을 수습할 사람은 자신밖에 없었다.

장자명은 그들에게 다가가 손을 들었다.

"모두 진정하시오!"

하지만 장자명의 말을 듣는 이는 아무도 없었다.

장자명은 그들이 한심했다.

적이 원하는 모양이 있다면 딱 지금과 같은 상황일 것이다.

물론 이들을 수습 못 하는 자신도 한심했다.

제법 많은 경험을 쌓았다고 생각했는데 어린 독인들 하나 단속 못 하다니!

그때였다.

장자명의 뒤쪽에서 헛기침 소리가 들려왔다.

"흠."

갑작스러운 기척에 장자명이 깜짝 놀라 고개를 돌렸다.

그곳에는 노고수가 푸른 도포 자락을 펄럭이며 서 있었다.

사실 그의 등장에 다른 독인들도 놀랐다.

그가 장자명의 뒤에 나타나기까지 그 모습을 보지 못했기 때문이다.

장자명의 앞에 있던 젊은 독인 중 하나가 앞으로 튀어나왔다.

"저분은 뉘신가?"

"저분으로 말씀드릴 것 같으면…….."

장자명은 살짝 말끝을 흐렸다.

푸른 도포를 펄럭이는 것을 보면 누군가로 변장한 것이 분명했다.

하지만 그 수염 뒤에 있는 인물이 누군지는 확실히 알고 있었다.

그는 바로 팽혁빈이었다.

대체 누구로 변장한 것일까?

누군가로 변장했다는 건 그 누군가로 인식되길 원한다는 것.

장자명은 그 누군가의 이름을 떠올리려 애썼다.

그때 푸른 도포의 노고수가 답답하다는 듯 한 발 나오며 말했다.

"나는 청운사신이라 하오."

순간 젊은 독인이 눈을 크게 떴다.

"처, 청운사신이라면……. 하남정가에서 가문의 기둥뿌리를 뽑았으며 고생하는 민생을 위해 무인의 도리 따위는 아무렇지 않게 버렸다는 진정한 영웅이 아닙니까?"

"뭐, 그런 일이라면……."

청운사신으로 분장한 팽혁빈이 수염을 쓰다듬었다.

팽혁빈이 청운사신으로 변장한 것은 한빈의 부탁 때문이다.

처음에는 이게 가능한 일인가 싶었다.

청운사신이 갑자기 여기 나타난다는 것도 이상했다.

푸른 도포로 바꿔 입고 수염 하나 달았다고 상대가 믿어 줄까?

이 모든 의문이 무색해질 정도로 독인들은 눈을 빛내고 있었다.

그도 그럴 것이 독인들은 사파의 영웅인 적혈대협보다도 정파의 영웅인 청운사신을 더욱 신뢰했다.

그것은 청운사신의 행보와 밀접한 관계가 있었다.

청운사신이 민생을 구했다는 것은 위씨세가의 식량을 털어서 굶주린 백성들을 도와준 것을 뜻한다.

정파의 인물이 어찌 십대세가의 주머니를 털 생각을 할 수 있단 말인가?

청운사신에게 정파는 그저 허울에 불과했다.

거기에 하남정가에서의 활약 또한 정파의 인물이 벌인 짓 치고는 너무 잔인하다는 소문이 있었다.

이 모든 것이 독인들의 입맛을 자극했다.

그때 적혈문의 어린 제자 하나가 앞으로 튀어나왔다.

양 갈래 머리를 질끈 묶은 여자아이였다.

질끈 묶은 머리만큼이나 입을 굳게 닫고 있었던 여자아이는 팽혁빈의 앞에서 눈물을 흘렸다.

그러고는 그의 소매를 잡았다.

"구해 주세요, 대협."

그 말이 시작이었다.

모든 독인들이 팽혁빈의 앞에서 무릎을 꿇었다.

털썩, 털썩.

뒤쪽에서 그들을 보던 장자명은 눈을 크게 떴다.

모든 것이 한빈의 뜻대로 되어 가고 있었다.

이 무리를 왜 장악하라고 했는지는 알 수 없지만, 어쨌든 남은 독인들을 장악하는 것에는 성공했다.

그때 누군가 장자명의 소매를 잡아끌었다.

적혈맹호대 대원 중 하나였다.

정확히는 적혈맹호대의 대원으로 변장한 그의 사매였다.

그녀가 작은 목소리로 물었다.

"괘, 괜찮을까요?"

"당분간은 괜찮을 테니……. 신분을 숨기는 데 주력하시오, 사매."

말은 근엄하게 했지만, 장자명은 가슴이 뛰고 있었다.

그의 사매는 조용히 고개를 끄덕였다.

장자명은 다시 주변을 둘러봤다.

사라진 한빈은 아직 그림자조차 드러내지 않고 있었다.

설화와 청화도 마찬가지였다.

소군만이 남은 보따리를 소중하게 지키고 있었다.

"대체 어디 간 걸까?"

장자명은 한빈이 이렇게 절실하게 보고 싶었던 적이 없었다.

적색 안개가 걷히자 문도희가 한숨을 내쉬었다.

"휴."

신호를 보냈지만, 남은 이들은 그들을 구하러 오지 않았다.

우거진 갈대만이 그들의 몸을 감싸고 있을 뿐이었다.

그나마 이곳에서 정신을 붙잡고 있는 것은 문도희와 적혈문주밖에 없었다.

숨을 몰아쉬던 적혈문주가 눈을 크게 떴다.

"미독! 지금 저 소리는 대체 뭐요?"

"무슨 소리가 들리신다고……."

문도희가 말끝을 흐렸다.

서-걱!

등골이 서늘할 정도의 소리가 바람을 타고 들려왔기 때문이다.

분명히 검을 쓰는 소리였다.

불길한 것은 그 소리에 뒤에 혈향이 바로 따라왔다는 점이었다.

그것도 잠시, 갈대 위로 흐릿한 신형이 나타났다.

사─삭.

이형환위를 펼친 것처럼 다섯 명의 무사가 등장하자 문도희는 눈을 크게 떴다.

그녀는 삼독문의 독공 고수.

독문의 고수라는 위치는 일반 문파보다 강호의 못 볼 꼴을 더 많이 봤다는 말이었다.

어찌 보면 강호의 더러운 꼴을 보고도 입을 다물어야 하는 것이 독문이었다.

독과 관련된 문파는 음지에서 주로 활동하기 때문이다.

그런 문도희에게도 상대의 모습은 기묘했다.

적색 연기 때문인지 혈향 때문인지, 그들의 몸에서는 자연스러운 살기가 피어올랐다.

억지로 피워 내는 것이 아닌 몸에 밴 것 같은 이상한 느낌이었다.

추상적인 살기가 아니라 눈에 붉은 기운이 보이는 것 같은 착각이 들었다.

문도희가 더욱 이상하다고 느낀 것은 그들이 쓴 토끼 가면 때문이었다.

살기를 풍기고 있지만, 얼굴에는 귀여워 보이는 토끼 가면을 눌러쓰고 있었다.

강호에서의 경험이 제법 되는 그녀조차 저런 이상한 가면을 쓰고 다닌다는 조직은 들어 본 적은 없었다.

심지어 그들은 아무 힘도 들이지 않고 갈대 위에서 초상비(草上飛)의 수법으로 갈대숲 전체를 관찰하고 있었다.

초상비는 말처럼 풀 위를 날듯이 걷는 수법이다.

경공술과 공간 장악 능력이 조화를 이루어야 펼칠 수 있는 초식.

그들은 내공도 소모하지 않는 듯 보였다.

갈대가 휘청이면 그들의 몸도 갈대와 하나가 된 듯 좌우로 흔들렸다.

주변을 둘러보던 토끼 가면을 쓴 무사 중 하나가 움직였다.

우두머리로 보이는 토끼 가면이 천천히 갈대 위를 걸어가며 검을 털어 냈다.

착!

순간 검붉은 피가 수풀 위에 가볍게 흩날렸다.

그것이 피가 아니라 이슬이었다면 아마도 저들을 신선이라고 생각했을 것이다.

토끼 가면의 무사는 걸어오면서 누군가의 목을 베어 냈다.

같은 동료인지 금지 속의 동물인지도 알 수 없는 상황이었다.

갈대 사이로 가공할 만한 무위를 뽐내며 걸어오는 토끼 가면의 무리에 두 사람은 넋을 잃을 수밖에 없었다.

서—걱.

소리가 점점 가까워졌다.

순간 문도희는 눈을 감았다.

현재 상태로는 목을 내놓는 수밖에 없었다.

남은 힘을 짜내 후퇴하기도 늦은 상태였다.

처음에 진혈독이라고 진단을 내렸지만, 아무래도 그녀의 판단이 잘못된 것 같았다.

묘하게 진혈독과는 비슷하면서도 다른 독이었다.

이미 혈독은 그녀의 몸을 잠식했다.

독에 대해서 조금 잘 안다고 깝죽거렸던 자신이 우습게만 느껴졌다.

이건 그녀의 진심이었다.

백독문의 문이 닫혔을 때부터 조금 더 조심하는 것이 맞았다.

그렇다고 그녀는 장자명을 의심하지는 않았다.

독공을 겨루지 않았어도 어느 경로로든지 함정에 빠졌을 테니까!

본래 독인의 삶이 그렇지 않은가?

한 줌 핏물로 녹아내릴 각오 정도는 강호에 나온 독인이라면 누구든지 하는 다짐이었다.

문도희는 자신도 모르게 웃었다.

"풉."

"뭘 그렇게 웃으십니까?"

"내가 웃는 데 뭐 보태 준 거라도……."

문도희는 말끝을 흐렸다.

적혈문주가 비꼰다고 생각했는데, 자세히 들어 보니 목소리의 주인공이 달랐다.

문도희는 힘겹게 고개를 돌렸다.

그곳에는 허여멀건 얼굴의 부잣집 도련님이 활짝 웃고 있었다.

세상의 희로애락과는 관계가 없다는 듯 천진난만한 얼굴을 하고서 말이다.

"대체 누구……."

"쉿, 그건 비밀입니다."

"비밀이라니, 그게 무슨 말……."

픽!

문도희는 말을 잇지 못했다. 상대가 그녀의 마혈을 제압했기 때문이다.

그는 피식 웃으며 말을 이었다.

"일단 독 기운이 퍼지지 못하게 막았습니다."

"……."

문도희는 입을 벌린 후 멀뚱거리며 상대를 바라봤다.

상대는 벌써 자신에게 시선을 떼고 다른 이를 살피고 있었다.

사삭!

그사이에 갈대밭을 누비는 토끼 가면 일행은 점점 가까워졌다.

대충 보니 의술은 알고 있는 것 같은데…….

저렇게 대책 없이 중독된 독인들을 만졌다가는 토끼 가면의 손에 죽는 게 아니라 핏물로 녹아내릴 수도 있었다.

그들이 중독된 혈독은 그만큼 독한 것이었다.

의술은 알아도 독에 대한 지식이 없는 것으로 봐서 아마도 장자명이 데려온 정파인들 중 하나인 것 같았다.

정파인이 독인을 위해 목숨을 내놓다니!

문도희는 이제까지 강호의 경험 중 가장 색다른 체험이라 생각했다.

어쩌면 죽음을 앞둔 그녀에게 주는 천지신명의 선물일지도 몰랐다.

문도희는 그렇게 생각했다.

그때였다.

문도희는 몸이 끌리는 느낌이 들었다.

사사—삭.

뒤쪽으로 끌려가 보니 중독된 독인들이 가부좌를 틀고 있었다.

가만 보니 몸을 주체 못 하고 널브러져 있던 독인들도 보인다.

모두가 가부좌를 튼 상태에서 운기조식을 하고 있었다.

문도희의 맞은편에는 적혈문주가 앉아 있었다.

그때 흰색 무복의 소녀가 그의 뒤쪽에 나타났다.

적혈문주의 뒤쪽에 나타난 소녀는 장침을 적혈문주의 정수리에 박아 넣었다.

푹!

그러고는 눈을 감고 침을 놓은 부위에 집중했다.

눈 깜짝할 사이에 소녀가 침을 뺐다.

동시에 적혈문주가 토혈을 해 댔다.

쿨럭!

시커먼 피가 그의 입술을 타고 바닥에 흘러내렸다.

바닥에 흩어진 갈대 위에 피가 닿자 잎이 그대로 녹아내린다.

치지직.

문도희는 그제야 그들이 독인들을 치료하고 있음을 깨달았다.

소녀가 힐끔 옆쪽 눈치를 봤다.

소녀가 바라보는 곳에는 아까 봤던 부잣집 도련님처럼 생긴 젊은이가 빙긋 웃고 있었다.

"잘했다, 이제 제법 늘었구나."

"공자님, 침을 꼭 써야 해요?"

뒷말은 작게 속삭였기에 다른 이들은 들을 수 없었다.

그 모습에 얼굴 하얀 공자가 말했다.

"독술이 아닌 의술이잖니."

"아."

소녀가 입을 벌리며 돌아섰다.

이제 하나 남은 여자 고수를 치료해야 할 때였다.

소녀는 조용히 그녀의 백회혈에 침을 꽂았다.

그 침에 문도희가 벼락을 맞은 것처럼 부르르 떨었다.

그것도 잠시, 문도희는 온몸의 불순한 기운이 정수리를 통해 빠져나가는 느낌에 눈을 크게 떴다.

이 느낌은 분명히 해독되는 과정이었다.

그것도 말도 안 될 만큼 빠른 속도였다.

백회혈에 박힌 장침은 그녀의 몸에 있는 혈독을 모두 뽑아내고 있었다.

문도희에게 이건 환골탈태와도 같은 경험이었다.

바로 이렇게 독이 제거되는 것은 문도희도 일찍이 경험해 보지 못했다.

독이 만약에 암기라면 가능할 수 있었다.

몸에 박힌 암기는 뽑으면 그만이니까.

그런데 독이 몸의 어느 곳에 있는지 정확히 말할 수 있을까?

정확히 안다고 해도 그것을 완벽하게 제거할 수 있을까?

해약이란 독을 중화시키는 작용을 하는 것이지, 완벽하게 무(無)의 상태로 돌려놓지는 못한다.

그런데 소녀의 치료는 독을 완벽하게 무의 상태로 돌려놓고 있었다.

쿨럭.

문도희가 피를 토해 냈다.

혈독 때문에 굳었던 핏덩이가 나온 것이다.

문도희는 멍하니 상대를 바라봤다.

소녀는 빙긋 웃고 있었다.

그 뒤에서 얼굴 하얀 공자가 나와 말을 이었다.

"대협이 당한 혈독은 백 년 전에 사라진 진혈독과는 조금 다릅니다. 아마도 천독이라는 자가 쓰던 독이 더 비슷할 겁니다. 다들 위기는 넘겼으니 조심해서 금지를 빠져나가십시오."

"천독이라니……."

문도희는 말끝을 흐렸다.

독인들 사이에 알음알음 퍼진 이야기 중에 천독이란 자의 행적이 있었다.

얼굴을 맞닥뜨린 자는 누구든 한 줌의 핏물로 녹여 버린다는 이야기였다.

그런데 그런 자가 진짜 존재했다니!

문도희가 물었다.

"지금 쫓아온 자들이 천독의 무리입니까?"

그녀의 말투는 정중했다.

독인이든 의원이든 상대가 자신의 아랫사람이 아니라는 것을 깨달았기 때문이다.

물론 상대는 한빈이었다.

그때 소녀가 손을 내저었다.

"천독이란 자는 죽었어요. 그러니 안심하셔도 돼요."

"안심할 일은 아니지 않으냐? 청화야."

"그래도…….”

청화가 어색하게 웃으며 고개를 슬쩍 돌렸다.

사실 청화는 치료하며 한 가지 연기를 펼쳤다.

그것은 바로 독인들에게 침을 놓는 과정이었다.

한빈의 말대로 그들이 당한 독은 천독의 것이었다.

물론 공독지체를 이룬 청화는 아무렇지 않게 독을 제거할 수 있었다.

모두의 혈독을 제거하고 나니 숨이 차기는 했지만, 그래도 손을 대 상대의 독을 흡수하는 것은 그리 어렵지 않았다.

하지만 한빈은 그들의 몸에 가장 고통스러운 침을 놓으라고 했다.

그 이유는 간단했다.

공동지체에 대한 능력은 독인들에게 숨기는 게 맞기 때문이다.

그리고 중요한 것은 힘들게 치료했다고 상대가 느껴야 차후에 받아 낼 보상도 넉넉하다는 것이 한빈의 주장이었다.

치료를 끝낸 청화가 뭔가 기억났는지 기침을 했다.

쿨럭.

청화는 입 안에 고인 선혈을 쏟아 냈다.

물론 청화의 피는 아니었다.

이 정도는 해 줘야 그들도 감복할 것이었다.

청화는 뜨거운 눈빛으로 자신을 바라보는 독인들의 시선에 조용히 고개를 돌렸다.

그때였다.

그녀의 옆에서 다른 소녀 하나가 검을 뽑았다.

그 소녀는 설화였다.

눈이 시릴 정도의 예기를 뿜어내는 조그만 단검.

그 기세만 보면 단검이 아닌 장검처럼 보일 정도였다.

설화가 뽑은 것은 우혈랑검이었다.

"준비됐어요, 공자님."

"그래, 가자꾸나. 참, 청화는 이 사람들 잘 보살피고. 만약에 지킬 수 없다면…….”

"알았어요."

청화가 고개를 끄덕였다.

지킬 수 없다면 포기하는 것도 방법 중 하나라는 건 한빈에게 배운 교훈이었다.

청화의 어깨를 토닥인 한빈이 자리에서 사라졌다.

사사─삭.

마치 신기루처럼 사라진 그들의 모습에, 문도희가 떨리는 목소리로 물었다.

"대체 당신들은 누구십니까?"

"저는 당청화예요."

"혹시 사천당가⋯⋯."

"네, 맞아요. 아까 잠깐 인사드렸었죠. 장 의원과 같이 온 일행이에요."

"사천당가라니⋯⋯. 구명지은에 감사드립니다."

문도희가 휘청이면서도 주먹을 모으자, 청화가 손을 저었다.

"과한 예는 받지 말라고 우리 공자님이 그러셨어요."

"공자님이라면⋯⋯."

문도희는 고개를 돌려 방금 사라진 공자가 있던 곳을 살폈다.

청화가 사천당가라고 밝히자, 일련의 모든 대처가 이해되었다.

그런데 이해가 안 되는 것이 딱 하나 있었다.

청화의 의술이나 독공을 봐서는 사천당가에서도 결코 아래에 있는 자가 아니었다.

굳이 말하면 열 손가락 안에 들 정도의 독술과 의술을 가지고 있다는 것이 문도희의 판단이었다.

그렇다면 사천당가의 직계에, 어느 정도 지위가 있는 인물일 터.

그런 독인이 말끝마다 공자님, 공자님 하니, 문도희는 이해가 되지 않았던 것이다.

지금 상황도 잊은 채 문도희는 청화를 뚫어지라 바라봤다.

그녀의 머릿속에서는 계속 호기심이 꿈틀거렸다.

적의 칼이 목전에 와 있는데도 공자의 정체에 대한 호기심이 먼저였다.

문도희의 표정을 본 청화가 물었다.

"왜 그러세요? 많이 불편하세요? 조금만 있으면 편안해지실……."

"그게 아니에요. 당 소협의 치료 덕분에 몸은 괜찮아요. 다만, 방금 자리를 뜬 공자라는 분의 정체가 궁금해서 그래요."

"에? 우리 공자님을 모르세요?"

"몰라요. 저런 사람이 강호에 있다는 건 처음 들어 봐요."

문도희가 어색하게 웃자 청화가 고개를 갸웃했다.

"하북팽가의 막내 공자라고 하면 다 알던데……."

"그, 그게 무슨 말이에요? 하북팽가의 막내 공자라고요?"

"네, 맞아요. 우리 공자님이 하북팽가의 넷째 공자님이에요."

"헉, 대체……."

문도희는 말끝을 흐렸다.

가끔 들리던 소문이 있긴 했어도 그 소문들은 모두 황당했다.

겁쟁이라느니, 자질이 최악이라느니 하는 말뿐이었다.

덕분에 독문에서는 아예 관심조차 두지 않는 것이 하북팽가의 사 공자였다.

그런데 그런 하북팽가의 사 공자가 말도 안 되는 경공술을 펼치다니!

거기에 사천당가의 직계를 수하 부리듯 하고 있다니!

말도 안 되는 광경에 탄성조차 나오지 않았다.

그때 신음소리가 들려왔다.

"후읍."

고개를 돌려 보니 적혈문주가 눈을 가늘게 뜨고 있다.

문도희는 재빨리 힘을 짜내 물었다.

"괜찮으세요? 적혈문주."

"이, 이제야 정신이 듭니다. 미독."

"다행입니다."

"그런데 이분은 대체……."

"이분은 저희를 돕기 위해서 나온 사천당가 고수분이에요.

그리고……."

문도희는 고개를 돌려 한빈이 사라진 곳을 바라봤다.

자신들을 이곳으로 대피시키고 사라진 하북팽가의 사 공자가 궁금해진 것이다.

"그럼 하북팽가의 막내 공자님은 어디 가신 거예요?"

"저한테는 수금한다고 하면서 가셨어요."

"수금이요?"

"나머지는 저도 잘 몰라요. 우리 공자님은 비밀이 좀 많아서요. 헤헤."

뒷머리를 긁적이며 해맑게 웃는 청화의 모습에 문도희의 눈이 보름달만 하게 커졌다.

한빈과 설화는 기척을 숨기며 멀리서 백경의 무사들을 관찰하고 있다.

혈독을 푼 것은 백경의 무리가 맞았다.

하지만 갈대숲 앞에 푯말을 붙여 놓은 것은 바로 한빈이었다.

한빈이 그곳에 금지라는 푯말을 붙여 놓은 이유는 무엇일까?

바로 함정을 만들기 위해서였다.

잘못해서 애먼 사람이 갈대숲 안으로 들어온다면, 한빈이 만들어 놓은 덫이 모두 무용지물이 될 게 뻔했다.

한빈이 이렇게 함정을 만들어 놓은 이유는 한 가지였다.

바로 안쪽까지 이어진 백경의 냄새 때문이었다.

한빈은 전에 백경의 배에 오르면서 천리추종향을 뿌려 놨다.

희미하지만, 그때의 냄새가 풍겨 왔다.

백경의 인물이 아니라면, 최소한 관계가 있는 자가 백독문의 안에 있다는 말이었다.

그렇다면?

미리 준비하는 것이 맞았다.

덕분에 이중 삼중으로 덫을 만들어 놨다.

물론 착각이라는 것을 안 것은 일각 전이었다.

한빈은 유림 서원에서 헤어졌던 음양쌍마를 만났었다.

유림 서원에서 한빈은 음양쌍마에게 배경의 뒷조사를 맡겼었다.

근묵자흑의 임무로 통제받는 음마혈녀는 제법 세세하게 조사를 한 것 같았다.

그 정도의 조사를 하려면 아마도 목숨을 걸었을 것이다.

음양쌍마가 마지막에 조사한 것은 백경에 쫓기는 인물에 관한 내용이었다.

그 인물이 누구인지는 모르지만, 백경과의 대결 이후 북해를 떠났다고 한다.

그리고 이동한 것이 바로 백독문이라고 한다.

그들이 백독문으로 들어간 지는 일주일 정도.

한빈은 그 대목에서 쾌재를 불렀다.

백경과 홀로 맞서 싸우지 않아도 된다는 뜻이었다.

적의 적이 아군이 될 확률은 십 할, 아니 백 할이라고 해도 될 정도였다.

한빈은 떠나는 음마혈녀의 머릿속에 있는 근묵자흑의 수법을 거두었다.

이번에 근묵자흑의 수법을 누군가에게 써야 할 것 같은 예감이 들었기 때문이다.

그것도 잠시, 자신이 만들어 놓은 함정을 생각하고는 잠시 넋을 놓았다.

반나절 동안 숨도 쉬지 않고 만들어 놓은 덫이 무용지물이 될 판이었다.

한빈은 안쪽에 있는 적을 유인해서 함정으로 몰아넣으려는 계획을 세웠다.

그런데 안쪽에 있는 인물은 한빈의 아군이 될지도 모르는 인물이었다.

그렇게 낙담하고 있던 차에 마침 토끼 가면이 나타난 것이다.

그것도 천급 구결로 보이는 점을 주렁주렁 달고 말이다.

이건 천지신명이 내려 준 선물이었다.

현재 보이는 토끼 가면은 다섯 명.

그중 하나는 유림 서원에서 만났던 친구였다.

그 친구의 이름은 한빈도 알고 있었다.

'초아라 했던가?'

하지만 알은척을 할 수는 없는 것이, 당시에는 청운사신으로 변복한 상태에서 만났었다.

지금은 본래 신분 그대로 토끼 가면의 무리와 대결해야 했다.

초상비의 수법으로 갈대숲 위를 치고 달리는 토끼 가면 무리를 보면서 한빈은 입맛을 다셨다.

"쩝, 이게 웬 떡이냐!"

"공자님, 저들의 무위가 만만치 않은데 왜 그렇게 좋아하세요?"

"설화야, 내가 항상 말하지만, 싸움에서 승패가 중요한 것은 아니다."

"계약서가 중요한 건가요?"

"싸움에서 중요한 건 보상이지. 솔직히 싸움에서 한 번 진다고 해서 그게 인생에서 뭐 그리 중요하겠느냐."

"……."

"몰리면 튀면 되고, 질 것 같으면 숨으면 되는 게 싸움의 최고 법칙이라고 하지 않았느냐? 그중에서도 가장 중요한 건

튀면서도 상대방의 주머니를 터는 것이지."

"주머니를 털어요? 쟤들 부자예요? 아니, 돈은 공자님이
제일 많잖아요."

"주머니가 가득 찼다고 생각하는 건 위험하단다."

"그게 무슨 말이에요?"

"주머니를 가득 채웠다고 생각하는 순간 가난해지기 시작
하는 법이다."

"앗, 그거 조금 의미심장한 얘기 같은데요."

"설화야!"

"네, 공자님."

"그건 안 적어도 된다."

한빈의 말에 설화가 조그만 붓을 재빨리 숨겼다.

한빈은 다시 토끼 가면을 주시했다.

초아라는 무인 말고 다른 무인들의 경지도 만만치 않아 보
인다.

하지만 그들의 경지는 관계없었다.

유림 서원에서는 부딪쳤을 때는 적이 짠 판 위에서 놀았다.

이번에는 한빈이 짠 판에 그들을 올려놓고 싶었다.

싸움에서 반드시 이길 필요는 없다.

한빈에게 필요한 것은 바로 천급 구결이다.

한빈은 조용히 허공을 바라봤다.

[천급 – 대(大), 비(非), 만(晚), 사(似)]
[알 수 없는 구결 : 삼(三)]

남아도는 구결은 네 개.
초식으로 만들기 위해서는 추가적인 구결이 필요했다.
한빈은 최선을 다해서 그들로부터 구결을 긁어 와야 했다.
한빈은 월아를 잡은 왼손에 힘을 주었다.
그러고는 재빨리 설화를 바라봤다.
"설화야, 여기 있는 옷으로 갈아입어라."
"알았어요."
"불편한 곳 없게 잘 준비하고."
"네, 공자님."
한빈은 설화에게 보따리 하나를 던졌다.
설화는 아무렇지 않게 옷을 꺼냈다.
그러고는 눈 깜짝할 사이에 옷을 갈아입었다.

옷을 다 갈아입고 난 설화는 고개를 갸웃하며 갈대숲을 바라봤다.
그러고는 다시 자신의 복장을 봤다.
"아, 이건……."
경악한 표정으로 입을 벌리는 설화의 앞에 한빈도 나타났다.

한빈도 마찬가지로 옷을 갈아입었다.

정확히는 완전히 갈아입은 것이 아니라 위쪽에 덧입은 것이기에 표시는 조금 났다.

하지만 설화가 입고 있는 의복이랑 똑같은 것은 사실이었다.

설화는 토끼 가면의 무리가 입고 있는 옷과 똑같은 옷을 입고 있었고 말이다.

즉, 한빈과 설화는 토끼 가면의 무리로 완벽하게 변복이 끝났다는 말이었다.

그때 한빈이 말을 이었다.

"설화야, 너도 가면을 써라."

말을 마친 한빈이 가면을 쓰자 설화도 썼다.

이제 갈대숲에는 토끼 가면이 둘 늘었다.

한빈은 토끼 가면을 쓴 설화를 보며 빙긋 웃었다.

"제법 어울리네."

"공자님도 잘 어울려요."

"이제부터 한판 놀아야지?"

"그런데 토끼 가면에 하얀 무복까지…… 대체 어디서 난 거예요?"

"이건 그 친구들이 알아서 준비해 왔더라고. 알고 보면 귀여운 놈들이야."

"풉."

설화가 터져 나오려는 웃음을 참았다.

한빈이 말하는 귀여운 놈들이 누군지 알 것 같았다.

이 옷과 가면은 백경에 대해서 조사를 이어 나가던 음양쌍마가 준비한 것이 분명했다.

험악한 마두를 보고 귀엽다는 표현을 쓰는 것은 아마도 한빈이 최초일 것이라고 생각했다.

설화의 입꼬리가 가면 안에서 보기 좋게 말렸다.

한빈이 그 마음을 안다는 듯 기분 좋게 고개를 끄덕였다.

그러고는 토끼 가면 무리를 향해서 몸을 날렸다.

사사—삭.

주변을 살피던 초아는 손을 들어 수하들을 멈춰 세웠다.

"잠시 대기!"

"존명."

백경의 무사들이 복창하며 자리에서 멈췄다.

초아는 지금 상황이 이해가 되지 않았다.

"왜 잔챙이들이 보이지 않지?"

"그러게요. 그냥 백독문으로 쳐들어가서 백룡의 수뇌부를 제거하는 게 어때요?"

"그건 우리 백경의 방식이 아니야. 우리는 항상 완벽함을 추구해야 해. 그게 선주님이 원하는 바이기도 하고."

"그런데 어디로 자취를 감추었을까요? 조장님 말씀대로 밖에 있는 잔챙이를 완전히 제거하고 백독문으로 돌입하는 것이 좋을 것 같긴 한데……. 이렇게 쥐도 새도 모르게 숨어버렸으니."

"진법."

"네?"

"이건 진법이야. 누군가 진법을 구축하고 잔챙이들을 숨겨 놓은 것이 분명해."

"대체 누가 이렇게 완벽한 진법을 구축했다는 거죠?"

"그건 모르지. 하지만 중요한 건 하나지."

"그게 뭔데요? 초아 조장."

"중요한 건 겁을 먹고 숨은 거라는 거지."

"그건 맞아요."

"들키면 죽는 숨바꼭질이니 꼭꼭 숨을 수밖에 없지. 그 얘기는 저들 중 우리의 적이 없다는 증거이기도 하지."

"그래도 찾아야 진도를 나가죠. 언제까지 이렇게 있을 수는 없잖아요."

"일단 흩어져서 찾아보자. 내가 중앙을 맡을 테니 나머지 네 명은 동서남북을 각각 맡아서 수색하도록. 실시."

"실시!"

그들은 초아를 중심으로 재빨리 자리에서 흩어졌다.

초아는 이를 악물었다.

이번 임무는 반드시 성공해야 했다.

그래야 자신의 체면을 세울 수 있었다.

청운사신이니 적룡대협이니 하는 신진 영웅들의 이름만 들어도 치가 떨렸다.

청운사신이나 적룡대협은 다른 선원이 맡았으니, 초아는 백룡의 잔당만 처리하면 되었다.

그런데 왠지 모를 이 불길함은 무엇일까?

그 불길함은 이곳 화련산에 들어오면서부터 느꼈다.

이번 임무는 닭 모가지를 비트는 것과도 같았다.

닭 모가지를 비틀면서 긴장한다는 것은 이상했다.

묘하게 등골을 스쳐 지나가는 불길한 감정은 대체 무엇일까?

팔팔 끓는 가마솥에 넣으면 어쨌든 국물은 우러난다.

그 맛을 걱정하는 것은 닭 모가지를 비튼 후였다.

그런데 닭 모가지를 비틀기도 전에 이런 묘한 기분이 드는 게 이상했다.

❧

초아의 명을 받고 서쪽을 샅샅이 뒤지는 토끼 가면의 허리에는 청색 띠가 묶여 있었다.

매듭은 하나.

백경의 일반 선원을 나타내는 표시였다.

매듭의 수로 고위를 확인한다는 점에서 그들의 체계는 개방 혹은 다른 문파와 흡사했다.

하지만 백경의 무사는 매듭뿐 아니라 매듭의 색으로도 그 소속과 직위가 구분된다.

그 매듭은 조그마한 뿔피리에 묶여 있었다.

한 토끼 가면의 무사는 삐져나오려는 뿔피리를 소중하게 갈무리했다.

이 매듭 한 개조차도 백경에 입문하고 삼 년이 지난 후에 받을 수 있었다.

사실 청색 매듭이 끝은 아니었다.

청색 띠의 매듭 여섯 개가 다 차면 붉은 매듭을 받게 된다.

붉은 매듭을 다 채우고 나서야 백색의 매듭을 받게 된다.

백색의 매듭을 받아야 조장 역할을 할 수 있었다.

토끼 가면의 무사는 허리의 청색 매듭을 물끄러미 바라봤다.

아직 갈 길이 멀었다.

청색 매듭을 다 채우는 것도 언제 가능할지 모르는 일이었다.

토끼 가면의 무사는 허리춤에 감춘 청색 매듭을 다시 한번 확인한 후 검집을 고쳐 잡았다.

그녀의 이름은 자청이었다.

자청은 이번 임무를 위해 파견된 무리 중에서는 막내였다.

그녀는 진지한 표정으로 주변을 둘러봤다.

아무리 기감을 높여 봐도 주변에서는 조금의 인기척도 느껴지지 않았다.

이쯤 되니 주변에 사람이 있다는 게 착각이 아닌가 하는 생각이 들었다.

잠시 주변을 둘러보던 자청은 고개를 갸웃했다.

갑자기 주변에서 느껴진 기척 때문이다.

고개를 힐끔 돌려 보니 그곳에서는 동료가 걸어오고 있었다.

"누구지?"

질문을 던진 것은 아니었다. 그저 혼잣말을 뇌까린 것이다.

동서남북으로 나뉘어서 적을 찾고 있기에 동료가 근처에 올 리 없었다.

그런데 토끼 가면을 쓴 동료가 아무렇지 않게 걸어오고 있다.

그때 토끼 가면을 쓴 무사가 답했다.

"북쪽에는 아무리 찾아봐도 없더군. 같이 남쪽을 찾으라는 조장님이 명이네."

"조장님의 명이라고? 조장님이 언제 그런 명령을 내렸지?"

"방금. 궁금하면 여기에 있는 명령을 확인해 보든지."

토끼 가면이 서찰 하나를 들었다.

자청은 그 모습에 재빨리 동료에게 다가갔다.

사사—삭.

자청의 경공술도 경지에 오른 듯 보였다.

눈 한 번 깜빡할 사이에 동료의 앞에 간 자청이 그의 손을 내밀었다.

동료는 아무렇지 않게 그 서찰을 내밀었다.

서찰을 확인하던 자청이 눈을 크게 떴다.

이건 조장의 필체가 아니었다.

거기에 내용이 이상했다.

"……'속았지'라니? 그게 무슨 말……."

자청은 말끝을 흐리며 검을 뽑았다.

스릉.

동시에 앞을 베었다.

휙!

백경의 동료 중 저런 수준 낮은 장난을 할 무인은 없었다.

자청의 검은 휑한 허공을 긋고 다시 정면을 향했다.

그때였다.

갑자기 뒤쪽에서 목소리가 들려왔다.

"진짜 잘 속네."

그 목소리에 자청은 검으로 반응했다.

획!

검은 다시 허공을 베었다.

순간 귓가에 파공성이 들려왔다.

팡!

그 소리와 함께 자청은 다섯 걸음 정도 밀렸다.

백경에서 수련한 내공이 아니었다면, 아마도 정신을 잃고 나가떨어졌을 것이다.

자청은 검을 내밀고 앞을 바라봤다.

"대체 누구냐?"

"그건 비밀이야."

"비밀이라니, 대체 무슨 말을 하는 거지?"

"너희 백경도 정체는 말해 주지 않잖아. 그러니까 나도 비밀이야."

"우리 백경을 안다고?"

"아니까 이런 가면과 복장을 준비했지."

상대는 토끼 가면과 흰색 무복을 툭툭 쳤다.

자청은 눈을 가늘게 떴다.

상대는 격장지계를 쓰는 것이 분명했다.

거기에 속을 긁어 놓는 저렴한 말투가 묘하게 거슬렸다.

자청은 이를 악물고 상대를 바라봤다.

흰색 무복에 토끼 가면을 쓰고 있는 것으로 봐서는 자신이 속한 백경의 무사인 듯 보였다.

그런데 말하는 걸 보면 적이 분명했다.

자청은 재빨리 허리띠에 숨겨 놓은 조그마한 뿔피리를 찾았다.

물론 상대는 한빈이었다.

한빈은 그들과의 인사를 기습으로 시작하기로 했다.

이번 만남을 통해 한빈이 얻어야 할 것은 크게 두 가지였다.

그중 하나가 바로 구결이었다.

한빈은 허탈하게 웃으며 조용히 앞을 바라봤다.

본래 백경의 토끼 가면들이 모여 있을 때는 모두에게 구결이 있었다.

그런데 막상 상대를 마주하고 보니 구결을 나타내는 점이 자취를 감춘 것이다.

전에는 있었는데 막상 보니 구결을 나타내는 점이 사라졌다니?

사라진 구결은 어쩔 수 없는 일. 어떻게 하면 상대의 몸에 구결을 나타나게 할 수 있느냐가 한빈의 고민이었다.

고민 끝에 내린 결론이 바로 기습이었다.

기습해서 상대의 무공 수준을 완벽하게 끌어낼 수 있다면?

구결도 획득할 수 있을 것이라고 생각했다.

그런데 기습을 했는데도 구결은 나타나지 않았다.

여럿이 모였을 때만 구결이 나타나는 경우는 과연 어떤 상황일까?

한빈은 그 해답이 궁금했다.

한빈은 팔짱을 끼고 상대를 바라봤다.

구결을 획득하지 못한다 해도 상대에게 얻을 것이 하나가 있었다.

그것은 바로 정보였다.

음마혈녀를 통해서 받은 정보는 백경에 대한 대략적인 정보였다.

백경과 대치한다는 또 다른 세력의 정보는 감도 잡지 못하고 있었다.

거기에 더해 백경의 규모는 또 어떠한가?

부족 단위의 조직이라는 것까지만 알고 있는 상태였다.

그들의 전체적인 규모 또한 오리무중이었다.

그만큼 백경은 암중 세력이었다.

오죽하면 십대세가와 구대문파 사이에서 한 번도 언급되지 않았을까?

화경의 고수가 발에 차이는 조직인데, 중원인들은 그들을 모른다고?

이 자체가 말이 안 되었다.

그런 조직이 바로 백경이었다.

그런데 백경의 무사에게 정보를 캐낼 수 있을까?

확률은 반반이었다.

정보를 위해서는 치밀한 설계가 필요했다.

고민도 잠시, 한빈이 손가락을 튕겼다.

딱!

그 소리에 자청이 긴장한 듯 눈을 가늘게 떴다.

그 모습에 재미있다는 듯 한빈이 외쳤다.

"뒤를 조심하게!"

"뒤에 뭐가……."

자청은 고개를 돌렸다. 그것도 잠시, 자신의 실수를 깨닫고 바로 검을 앞으로 내밀었다.

자세히 보니 상대는 거리를 두 걸음가량 좁혔다.

거짓말로 시선을 유인하여 다시 기습을 노리는 것이 분명했다.

그때 한빈이 다시 손가락을 튕겼다.

딱!

"뒤를 조심하래도."

"안 속아!"

말은 그렇게 했지만, 자청은 고개를 돌렸다.

그녀는 다시 아차 싶었다.

다시 고개를 돌려 보니 상대가 몇 걸음 더 가까이 와 있었다.

자청은 이를 악물었다.

그때 다시 한빈이 손가락을 튕겼다.

딱!

놀라 뒤로 물러서는 자청을 향해 한빈이 외쳤다.

"조심해!"

"또 속을 줄 알고……. 악!"

자청은 비명으로 말을 맺었다.

옆구리에서 통증이 느껴졌기 때문이다.

자청은 고개를 돌려 자신의 옆구리를 확인했다.

옆구리에는 장침 하나가 박혀 있었다.

순간 자청의 다리가 살짝 풀렸다.

자청은 뒤로 주춤 물러났다.

생각지도 못한 상황에서 상대가 하나 더 나타난 것이다.

이제는 최후의 수단을 써야 했다.

바로 구조 요청이었다.

청색 매듭을 달아 놓은 뿔피리에는 딱 두 가지 효용이 있었다.

제대로 불면 구조 요청이지만, 거꾸로 불면 자살 도구도 될 수 있었다.

지금은 그 뿔피리를 꺼내는 것이 먼저였다.

주춤거리며 뿔피리를 찾던 자청이 눈을 크게 떴다.

허리춤에 잘 숨겨 놓은 뿔피리가 없어졌기 때문이다.

그때였다.

뒤쪽에 있던 설화가 뿔피리를 잡고 흔들며 외쳤다.

"이거 찾아요? 토끼 가면 언니?"

"대체 누구기에 내 이목을 가리고…….”

"값나가는 물건은 미리 챙겨 놓으라고 우리 공자님이 그러 셨거든요."

설화가 어색하게 웃었다.

그때 한빈이 말했다.

"이제 제압해도 좋다."

"네, 공자님."

그 말과 함께 설화의 우혈랑검이 움직였다.

사사—삭.

눈 깜짝할 사이에 자청은 한빈과 설화의 협공에 제압당했 다.

꽁꽁 묶인 자청은 손가락 하나 움직일 수 없었다.

그때 차가운 목소리가 들려왔다.

"챙길 거 챙겼으면 죽여. 괜히 일행이 합류하면 골치 아프 다."

한빈이 목을 긋는 시늉을 했다.

그 모습에 설화가 살짝 망설이는 듯한 표정으로 말을 이었 다.

"공자님, 살려 두면 안 될까요?"

"이유를 물어봐도 될까?"

"그냥 죽이기에는 우리가 백경의 정보를 잘 모르잖아요.

그리고 제가 보기에는 공자님이 원하시는 걸 다 찾은 것 같지도 않고요."

"흠."

"묘하게 저랑 같은 향기가 나서 그래요, 공자님."

"살수의 향기가 난다고?"

"살수의 향기가 아니라 어릴 적부터 조실부모하고 고생한 듯해서 그래요. 그리고 표정을 잘 보면 뭔가 안돼 보이기도 하고……."

"그럼 마음대로 해. 잘 보이지 않는 곳에다가 치워 놔."

"네, 공자님."

설화가 한빈을 향해 포권하자 옆에서 대화를 듣던 자청이 안도의 한숨을 쉬었다.

그때였다.

갑자기 옆에서 땅을 파는 소리가 들렸다.

파파박.

설화가 땅을 파기 시작한 것이다.

눈 깜짝할 사이에 땅을 판 설화는 그곳에 자청을 넣었다.

순간 자청은 머리가 찔했다.

살려 준다고 해서 상대에게 감복하고 있었는데 자세히 보니 생매장을 하려는 것이다.

상대는 자청의 의견 따위는 상관없다는 듯 흙을 덮었다.

"자, 잠깐."

"왜 그래요?"

설화가 고개를 갸웃하자 자청이 다급하게 외쳤다.

"살려 준다고 하지 않았느냐?"

"살려 주는 거 맞아요."

"이렇게 생매장하는 것이 살려 주는 거라고? 이런 악적들아!"

"생매장하는 게 아니라 보관하는 거예요. 귀식대법 정도는 할 줄 알잖아요."

"귀식대법이라니?"

"흙으로 덮어 놔도 그 정도 무공이면 이틀은 살 수 있잖아요. 지금 여기서 목이 따이는 것보다는 삶의 희망을 이어 나가는 게 좋잖아요."

"무, 무엇을 원하느냐?"

자청이 다급하게 외쳤다.

이 정도 소란이면 조장이 들이닥쳐야 정상이었다.

그런데도 주변에 아무 기척이 느껴지지 않는 것을 보면, 상대가 널찍하게 기막을 펼친 듯했다.

그 정도의 기막을 펼쳤다면 조장보다도 한 수 위가 분명했다.

조장보다도 고수가 어떻게 이런 치사한 방법을……

자청은 지금 미칠 것 같았다.

처음 뿔피리를 찾았을 때는 목숨을 끊을 각오까지 되어 있었다.

상대가 처리하라고 했을 때만 해도 목숨이 아깝지 않았다.

그런데 살려 주겠다고 하니, 갑자기 아무렇지 않게 버릴 수 있을 것 같은 목숨이 소중해졌다.

이제는 살고 싶었다.

생각해 보면 신선이 되고 싶은 것도 영원한 삶을 누리기 위해서가 아니었던가?

백경이라는 조직에 대한 충성심 때문에 본래의 의도를 까마득하게 잊은 것만 같았다.

까마득하게 잊은 본래의 의도가 이제야 기억났다.

삶의 의지를 찾고 나니 지금 상황이 미칠 것만 같았다.

생매장이라니!

자청은 아무 말 없이 상대를 바라봤다.

상대도 더는 흙을 던지지 않고 쪼그려서 자청을 바라봤다.

자청은 자신도 모르게 마른침을 삼켰다.

그때 설화가 눈을 가늘게 뜨고 물었다.

"혹시 돈 가진 거 있어요?"

"돈이라니, 그게 무슨 말이냐?"

"일단 당과 살 돈을 챙기고 시작하고 싶어요."

"돈은 풀려나면 주마."

"얼마나 있는데요?"

"네가 일 년 동안 먹을 당과를 살 수 있을 돈이다. 그러니 풀어 줘라."

 "그럼 돈은 나중에 받고 일단 질문부터 시작할게요, 토끼 가면 언니. 그런데 제가 알고 있는 거랑 다른 점이 있다면 바로 물을 거예요."

 "그, 그 전에 한 가지만 묻자."

혈후

설화를 바라보는 자청의 눈은 토끼 가면 뒤에서 쉴 새 없이 떨리고 있었다.

두려움이라는 감정도 있었지만, 그것보다는 황당함이 더 컸다.

자신이 이렇게 당할 것이라고는 꿈에도 몰랐다.

백경의 무공이 그렇게 호락호락하던가?

자신이 백경의 막내라고는 하나, 조직의 상징인 뿔피리를 받은 어엿한 무사였다.

그런데 상대에게 이렇게 힘없이 꺾인다고?

자청은 지금의 상황은 상상도 하지 못했다.

당황하는 자청의 모습에 설화가 고개를 갸웃했다.

한참을 바라보던 설화가 씩 웃으며 말을 이었다.

"아직 정신 못 차렸네요. 원래 포로는 묻는 말에만 답해야 하는 게 법칙이라고 우리 공자님이 말씀하셨어요. 포로가 묻는 말에 대답 안 하면 이렇게 하라고 하셨어요."

"뭐라고⋯⋯."

자청은 말을 맺지 못했다.

설화가 흙을 한 움큼 던졌기 때문이다.

파팍.

설화가 던진 흙이 자청의 입에도 들어갔다.

자청이 본능적으로 입 속으로 들어오는 흙을 뱉어 냈다.

"푸."

설화는 아랑곳하지 않고 흙을 퍼부었다.

주르륵.

자청의 머리 위로 털어 넣은 흙이 얼굴을 타고 흘러내렸다.

자청은 입을 다물 수밖에 없었다.

그러고는 상대의 손이 멈추기를 기다릴 수밖에 없었다.

이쯤 되자 자청은 상대의 정체에 대해 의심이 들었다.

상대가 누구이기에 백경의 정체를 알고 있단 말인가?

혹시 백독문 안으로 도망간 백룡의 잔챙이?

자청은 고개를 흔들었다.

눈앞에 보이는 이들이 백룡의 일원일 리는 없었다.

백룡은 적이긴 해도 품격이라는 게 있었다.

그런데 눈앞의 상대는 품격이라고는 눈을 씻고 찾아볼 수 없었다.

상대는 사파일 가능성이 컸다.

그것도 아니라면 마교의 인물일 가능성도 조금은 있었다.

어쨌든 상대는 정파의 인물이라고는 생각할 수 없었다.

그렇지 않고서야 이렇게까지 사악할 수는 없었다.

흙을 머리 위로 뿌리는 상대보다도, 옆에서 팔짱을 낀 채 흐뭇하게 웃고 있는 공자라는 인간이 더 사악해 보였다.

백경이 피도 눈물도 없는 조직이라고는 하나!

저 인간에 비하면 새 발의 피라고 할 수 있다.

백경은 최소한 망자에 대한 예의는 있었다.

거기에 비해 저들은 죽은 자까지 모독할 인물들이었다.

흙이 자청의 목덜미에 찼을 때야 설화가 손을 멈췄다.

"이 정도면 됐네요. 참, 우리 공자님은 이렇게 말씀하셨어요. 적이 반항하면 바로 묻으라고요."

"아!"

자청은 탄성밖에 지를 수 없었다.

여기에서는 어떤 말을 해도 바로 파묻힐 것만 같았다.

그때 설화가 고개를 갸웃하며 상체를 기울였다.

한참 동안 자청의 눈빛을 보던 설화가 말을 이었다.

"그런데, 아까 궁금하다고 한 게 뭔데요?"

"어……."

자청은 말을 잇지 못했다. 질문을 던진 죄로 목까지 파묻히지 않았던가?

그런데 궁금한 것이 뭐냐고 묻자 자청은 어느 장단에 맞춰야 할지 난감했다.

자청의 표정을 본 설화가 물었다.

"갑자기 궁금해져서 그래요. 파묻지 않을 테니 물어봐요, 토끼 가면 언니."

"파묻지 않는다는 말, 진짜냐?"

"그럼요. 저 이제까지 거짓말한 적이 한 번도 없어요."

"정말 파묻지 않을 거지?"

"왜 사람 말을 못 믿어요, 토끼 가면 언니."

"그럼 믿고 물어볼게. 대체 우리가 온다는 걸 어떻게 알았지?"

"우리 공자님이 그러는데, 충분히 예상 못 할 적과 변고는 없다고 했어요. 지금 이 일도 충분히 예상되는 일이죠……."

"대체 어떻게 그걸 알았다는 말이냐?"

"방귀가 잦으면 똥은……."

말을 이어 나가려던 설화는 재빨리 입을 막고 한빈을 바라봤다.

그러고는 씩 웃으며 말을 이었다.

"우리 공자님이 천기를 아시기 때문이죠."

설화가 뿌듯한 표정으로 뒤쪽에서 팔짱을 끼고 있는 한빈을 바라봤다.

한빈의 눈동자가 살짝 반짝이다가 멈췄다.

설화는 속으로 안도의 한숨을 삼키고 다시 상대를 바라봤다.

"그럼 지금부터 질문할 테니 대답하세요."

말을 마친 설화는 두루마리를 꺼내 펼쳤다.

그러고는 그것을 아래위로 훑어봤다.

그 모습에 자청이 물었다.

"대체 그것은 무엇이냐?"

"다른 토끼 가면 언니한테 자백을 받아 낸 진술서예요. 여기랑 내용이 다른 게 있으면 바로 묻어 버릴 거예요. 물론 먼저 진술한 언니가 있는 구덩이로 가서 마저 처리해야겠죠. 뭐, 머리 위로 떨어지는 건 흙이 아니라 펄펄 끓는 기름일지도 몰라요."

"기름……."

"구덩이에 묻어 놓고 펄펄 끓는 기름을 부어 버리면 산짐승에게는 그보다 맛난 고기가 없는 법이에요."

"너희는 마교인이냐?"

이건 진심이었다.

저런 협박을 아무렇지 않게 하는 것으로 보아 사파인이 아니라 마교인일 가능성이 높았다.

이제는 예상하는 것이 아니라 결론을 냈다.

떨리는 자청의 목소리에 설화가 답했다.

"그건 비밀이에요."

말을 마친 설화가 피식 웃었다.

물론 설화가 오늘따라 말을 많이 하는 것은 모두가 한빈의 명이었다.

상대방의 감정 상태를 완벽하게 무너뜨려 놔야 했다.

설화가 한쪽에는 두루마리를, 한쪽에는 우혈랑검을 들고 눈을 반짝였다.

순간, 자청은 그것이 거짓말이 아님을 본능적으로 알았다.

단검을 손에 쥔 모양이나 눈빛 모두 사람을 죽여 본 자의 것이었다.

자청은 침을 꿀꺽 삼키고 설화의 다음 말을 기다렸다.

설화는 바로 묻지 않고 심각한 표정으로 두루마리를 확인했다.

그 모습이 생각보다 진지해 보였다.

눈이 아래위로 분주히 움직이는 모습은 무슨 질문을 먼저 해야 하는지를 고민하는 듯 보였다.

그 모습을 살피던 자청은 두루마리의 진위에 대해 심각하게 고민해 봐야 했다.

자신이 상대에게 사로잡힌 것은 무공이 낮아서였다.

자신 말고 다른 동료 중에 그렇게 호락호락하게 사로잡힐 인물은 없었다.

하지만 만약 상대가 한 말이 사실이라면?

자청은 눈을 더욱 가늘게 떴다.

사실 아무것도 아닌 대화지만, 지금 이 모든 것이 고도의 심리전이라고 생각하고 있었다.

적이 자신의 자백을 받아 내기 위해 거짓말을 한다고 생각했다.

동시에 자청은 등에 소름이 돋았다.

만약 정말로 먼저 사로잡힌 동료가 있다면, 여기에서 살아나갈 확률은 희박했다.

그때 설화가 말을 이었다.

"토끼 가면 언니, 일단 가면은 벗겨 줄게."

말을 마친 설화가 우혈랑검을 뽑었다.

휙.

자청의 귓가에 찬 바람이 스치면서 토끼 가면이 풀렸다.

순간, 자청의 머리가 아래로 출렁거렸다.

그 모습에 설화가 말을 이었다.

"우리 공자님이 적의 얼굴은 기억해 놔야 한다고 했어요, 토끼 가면 언니. 아, 그러고 보니 토끼 가면이 없으니 그냥 언니네요. 그럼 지금부터 질문할게요. 잘 대답한다면 살려 줄게요. 그러니까……."

설화는 쉴 틈 없이 질문을 던졌다.

대부분이 백경의 조직에 관한 질문이었다.

한빈은 팔짱을 낀 채 자청의 자백을 들었다.

자청은 눈치를 보면서 조심스럽게 답을 이어 나갔다.

"……여기까지가 내가 아는 전부다. 그러니 어서 풀어 줘라."

"잠시만요."

설화는 조용히 한빈에게 다가갔다.

"저 언니가 아는 건 다 분 것 같은데요."

"뭐, 그럼 그만 정리해."

"네, 공자님."

설화가 재빨리 자청에게 다가왔다.

자청이 떨리는 목소리로 말했다.

"풀어 준다고 하지 않았느냐?"

"제가 언제 풀어 준다고 했어요?"

"그럼 아까 한 말은 무엇이냐?"

"살려 준다고 했지, 풀어 준다고는 안 했거든요. 일단 이것부터……."

설화가 자청의 입에 갈대를 물렸다.

갑자기 갈대가 입 안으로 들어오자 자청이 화들짝 놀랐다.

"이, 이게 대체 뭐냐?"

"이게 생명 줄이니까 일단 물고 계세요. 다시 뱉으면 그냥 모른 척할 거예요."

"그, 그게 무슨 말……."

그때 다시 갈대가 자청이 입에 들어왔다.

그와 동시에 머리 위로 다시 흙이 떨어지기 시작했다.

자청은 갈대의 용도에 대해서 알 것 같았다.

살려는 주되 풀어 주지는 않겠다는 것이다.

그때 자청의 눈에 두루마리가 들어왔다.

순간 자청은 입에 문 갈대를 놓칠 뻔했다.

두루마리는 텅 비어 있었다.

자청은 그제야 모든 것이 상대의 연극임을 깨달았다.

먼저 사로잡힌 동료 따위는 없었다.

정확한 자백을 받아 내기 위해서 상대가 이런 판을 꾸민 것이 분명했다.

대체 어떤 조직이기에 백경을 상대로…….

자청은 정확히 일각 후 자신의 결론을 다시 버려야 했다.

입에 갈대를 물고 겨우 생명을 이어 나가고 있는 그녀의 귓가에 동료의 목소리가 들려왔기 때문이다.

백경의 무사 하나가 외쳤다.

"대체 네놈들은 누구냐?"

"좀 가만히 있어 봐. 이거 비싼 함정이란 말이다. 요즘 천잠사가 얼마나 비싼지 알아? 네가 두른 천잠사만 해도 일반 백성들이 십 년 치 먹고살 돈이야. 그거 끊어지면, 바로 죽는다."

"대체 정체가 뭐기에……."

"그건 비밀이라서 알려 줄 수가 없네. 설화야, 시작해."

목소리의 주인공은 한빈이었다.

설화와 함께 백경의 무사 하나를 함정으로 유인하는 데 성공한 것이다.

한빈의 눈앞에 있는 백경의 무사는 아예 누에고치가 되어 있었다.

천잠사에 둘둘 말려 있는 상태.

설화는 이전과 마찬가지로 땅을 파기 시작했다.

그 모습을 보는 한빈의 입꼬리가 살짝 올라갔다.

몰랐던 백경의 비밀을 어느 정도 밝혀낸 것 같았기 때문이다.

한빈은 나지막이 외쳤다.

"속전속결!"

"네?"

설화가 고개를 갸웃하자 한빈이 말을 이었다.

"아무래도 빨리 처리해야 할 것 같아서."

이 말은 진심이었다.

적을 처리하든 먼저 이곳을 벗어나든 빠른 판단이 필요했다.

지금까지 밝혀낸 사실 중 가장 놀라운 것은 백경이 한 척이 아니라는 것이었다.

한빈이 마주했던 우두머리는 선주 겸 선장이라 불리는 인물로, 반선의 경지에 이르렀다고 한다.

가장 섬뜩한 부분은 장자명의 사매를 가둔 무리가 이들이 아니라는 점이었다.

그렇다면 이곳에 세력 하나가 더 있다는 말.

그 세력이 만약 백경의 다른 배에서 나온 자들이라면?

목숨을 장담할 수 있는 상황이 아니었다.

그러니 구결과 정보를 완벽하게 빼앗은 후 후퇴하는 것이 순리였다.

반 시진 후.

한빈은 팔짱을 끼고 구덩이를 바라봤다.

구덩이는 모두 네 개였다.

동서남북으로 나누어 적을 찾고 있던 백경의 무사들이 모두 몇 걸음 떨어진 곳에 묻힌 것이다.

마지막 무사를 묻고 난 한빈은 설화에게 말했다.

"구덩이 하나만 더 파 놓고 있어. 잠시 다녀올 테니."

"크기는 어떻게 할까요?"

"앞의 친구들과 똑같이 하면 돼."

"알았어요, 공자님."

고개를 끄덕인 설화가 바닥을 내려다봤다.

그것도 잠시, 설화는 한숨을 내쉬었다.

"휴."

한숨을 길게 내쉰 설화가 우혈랑검을 잡았다.

그러고는 조심스럽게 물었다.

"초식 써도 돼요, 공자님?"

"뭐, 막판인데 쓰려무나."

한빈이 고개를 끄덕이자 설화의 얼굴에 화색이 돌았다.

설화가 가장 힘들어한 부분은 다름 아닌 땅을 파는 것이었다.

초식을 쓰면 힘들이지 않고 구덩이를 파낼 수 있지만, 한빈은 소리가 새어 나오지 않을 것을 요구했다.

이 기준에 맞추다 보니 내공이 아닌 순수한 힘으로 구덩이를 파야 했다.

거기에 설화가 목숨처럼 소중히 여기는 우혈랑검도 이제는 흙 범벅이 되었다.

이쯤 되니 겉으로 봐서는 설화가 그토록 소중히 여기는 우혈랑검이라고는 보이지 않았다.

흙이 여기저기 묻어 있는 것이, 지나가는 사람이 본다면 농기구로 착각할 것이다.

"다 망가져 버렸어! 내가 너를 고생시키려고 했던 건 아닌

데, 흐으…….”

설화는 우혈랑검을 보며 탄성을 내뱉었다.

그때 한빈의 목소리가 들려왔다.

“힘들면 청화랑 바꿔 주고…….”

“아, 아니에요. 공자님!”

“힘들면 언제든 말해.”

“아니에요. 제가 할게요.”

설화는 고개를 흔들며 우혈랑검에 묻은 흙을 소매에 닦아
냈다.

터벅터벅.

설화는 힘없이 발길을 뗐다.

ꙮ

가벼운 발소리지만, 땅바닥에 묻혀 있는 자청의 입장에서
는 천둥소리보다 더 컸다.

바닥에서 갈대를 통해 겨우 숨을 붙이고 있는 자청은 자신
의 죽음이 가까워져 왔음을 알았다.

그녀가 죽음을 확신하는 이유는 한 가지였다.

왜냐하면 바로 공자라는 사람의 입에서 설화와 청화라는
이름이 나왔기 때문이다.

설화라……!

자청은 그 이름을 어렴풋이 들은 적이 있었다.

설산신녀라는 이름으로 강호에 얼굴을 드러낸 여고수의 이름이 바로 설화였다.

거기에 청화라는 이름도 들어 봤다.

사천당문의 직계로, 무가지회에서 처음으로 모습을 드러냈던 고수의 이름이다.

자청이 지금 심각하게 생각하는 것은, 그 전에는 이름을 숨기다가 이제는 그 이름을 아무렇지 않게 내뱉는다는 점이다.

이렇게 정체를 밝히는 데 거리낌이 없을 때는 딱 한 가지 상황밖에 없다.

그것은 상대의 목숨을 거둘 때였다.

자청이 공포에 떨고 있을 때였다.

"흡."

갑자기 숨이 막혀 왔다.

자청은 다급하게 호흡을 멈췄다.

모든 게 그녀의 예상대로였다. 이건 사파나 마교인보다도 더 악랄한 인간들이었다.

풀어 주지는 않지만 살려 준다고는 했는데, 바로 말을 바꾼 것이다.

가장 악랄한 것은 마지막에 희망을 준 점이다.

갈대를 통해 들어오던 공기를 막아 그 희망을 절망으로 바꿨다.

순간, 주마등이 자청의 눈앞에 지나갔다.

척박한 북해에서 지내던 그녀의 앞에 나타난 한 척의 배.

그게 바로 백경이었다.

그 배는 그녀의 인생을 바꿔 놓았다.

백경의 무인들은 자청이 사는 마을의 나루터에 사뿐히 내려앉아 한 가지 제안을 했다.

그들은 자신들이 이 마을에 신선의 자질을 갖춘 자를 뽑기 위해 왔다고 했다.

뽑힌 자 중 신선이 되는 데 성공한 자가 나온다면 마을 사람 모두 앞으로는 먹고살 걱정을 할 필요 없게끔 만들어 주겠다고 했다.

그렇게 뽑힌 사람이 바로 자청이었다.

수많은 어른과 아이 중 백경의 사람들은 오직 자청만을 뽑아 갔다.

그렇게 백경의 무인으로 뽑혔을 때는 바로 신선이 될 수 있을 줄 알았다.

수백 명의 어른과 아이 중 자신이 뽑힌 것은 그만큼 자질이 있는 것이라고 착각했다.

물론 그 착각은 백경에 오른 지 일 년이 지난 후 신기루처럼 사라졌다.

자청은 백경의 선원으로서 가장 기본적인 역할도 할 수 없었다.

선배들의 자질에 비하면 새 발의 피였다.

아니 새 발의 피만큼도 존재감이 없을지도 몰랐다.

그렇게 몇 년이 흘러 처음으로 임무를 맡게 되었다.

그게 바로 이번 임무였다.

그렇게 스쳐 지나가는 주마등 속에 북해에 두고 온 가족이 아른거렸다.

그러고 보니 백경에 오르고 나서 가족의 소식을 받은 적이 한 번도 없었다.

신선이 되면 자신은 영생을 얻고 마을에 남은 가족과 다른 이들은 평생 먹고살 걱정을 할 필요가 없다는 약속을 받았을 뿐이었다.

과연 북해에 남은 마을 사람들은 어떻게 되었을까?

그 생각이 머릿속에 떠오른 자청은 어깨를 바르르 떨었다.

마을에 남아 있던 가족들에 대한 생각을 한 번도 하지 않았던 자신에 대해 놀란 것이다.

'대체 왜?'

자청은 생각을 끝맺지 못했다.

상대의 목소리가 들려왔기 때문이다.

하지만 정신이 몽롱해졌기 때문에 그 목소리를 정확히 들을 수는 없었다.

그것도 잠시, 갑자기 지축이 흔들렸다.

이제는 마지막이라고 생각하고 이를 악물었다.

설화는 아래에 묻혀 있는 토끼 가면을 쓴 무사들에 대해서는 잠시 잊고 있었다.

누군가 불안에 떨고 있으리라는 생각조차 못 했다.

지금 설화에게 중요한 것은 구덩이를 파는 것이었다.

그것도 우혈랑검이 상하지 않게 주의하면서 파야 했다.

몇 번 구덩이를 파 보니 설화에게도 요령이란 게 생겼다.

바닥이 고운 곳을 찾는 것이 바로 구덩이를 파는 요령이었다.

설화는 분주히 주변을 살폈다.

살짝 모래가 섞인 바닥이 눈에 들어왔다.

이건 백이면 백, 손만 뻗어도 바닥이 파일 땅이었다.

설화는 희미하게 웃으며 우혈랑검을 들고 걸어갔다.

몇 걸음 걷던 설화가 아래를 내려다봤다.

발끝에 걸리는 감각이 미묘했기 때문이다.

눈을 가늘게 뜨고 보니 굵직한 갈대가 낫 모양으로 꺾여 있었다.

"아."

생각해 보니 백경의 무사들을 묻어 두고 목숨 줄로 연결해 준 갈대였다.

설화는 조심스럽게 발을 뗐다.

물론 고의로 그런 것은 아니었다.

이건 실수였다.

적을 공포 속에 몰아넣어야 하지만, 끝까지 목숨은 붙여 놓으라는 것이 한빈의 명령이었다.

설화는 힐끔 한빈을 바라봤다.

한빈은 허허로운 표정으로 먼 산을 보고 있었다.

설화는 안도의 한숨을 넘기며 조용히 구부러진 갈대를 폈다.

아마도 이 갈대의 밑에는 자청이란 무사가 있는 것 같았다.

아무리 실수라지만, 생명 줄을 이렇게 꺾어 놓고 나니 마음이 편하지 않았다.

갈대를 똑바로 편 설화가 작은 목소리로 말했다.

"밑에 있는 토끼 가면 언니, 미안해요. 일부러 그런 건 아니에요."

그녀의 말에 구덩이가 살짝 흔들렸다.

화가 났다는 것인지 아니면 당황했다는 것인지는 모르지만, 그들의 감정은 설화에게 중요하지 않았다.

그저 어색하게 웃으며 다음 구덩이를 팔 장소 앞에 섰다.

그러고는 파혼검을 펼쳤다.

팡!

그 소리와 동시에 파혼검의 초식이 적중한 바닥에 일 장가
량 움푹 들어갔다.

❦

설화가 펼친 파혼검의 초식은 대지를 울렸다.

쿠릉.

지진의 전조 현상 같아, 주변 사람들이라면 못 느낄 수 없
었다.

소리보다 진동이 더욱 강렬했다.

발밑에서 느껴지는 진동에 초아는 검을 들고 사방을 경계
했다.

수하들에게 무슨 일이 생긴 것이 분명했다.

그때 귓가에 뽈피리 소리가 들려왔다.

뿌웅!

그 뽈피리는 수하 중 하나의 소리가 분명했다.

뽈리피를 불었다는 것은 위기지만, 상급자인 초아가 감당
할 수 있는 적이라는 신호였다.

초아는 검에 진기를 불어 넣었다.

언제라도 상대를 벨 수 있게 준비한 것이다.

시퍼런 검날을 앞으로 세운 초아는 천천히 뿔피리 소리가 들려온 곳을 향해 걸어갔다.

　그때였다.

　어디선가 기분 나쁜 목소리가 들려왔다.

　"옛날에 떡장수가 호랑이가 나오는 고갯길을 넘어갔지……."

　"흠."

　초아는 침음을 삼키며 기척을 최대한 죽였다.

　지금은 유리한 상황이었다.

　적은 목소리를 냈지만, 자신은 기척을 숨기고 있었다.

　단번에 기분 나쁜 목소리를 베어 버릴 심산이었다.

　초아는 목소리가 들린 곳으로 숨을 죽이고 걸어갔다.

　그때 다시 목소리가 들려왔다.

　"……그런데 불행하게도 호랑이를 만난 거야. 호랑이는 말했지. 떡 하나 주면 안 잡아먹겠다고. 그 후 어떻게 됐을까? 중요한 건 그게 아니야. 떡장수의 가장 큰 실수는 호랑이가 있는 고개를 넘어가려고 했던 거지."

　"……."

　초아는 아무 말 없이 이를 악물었다.

　묘한 시점에서 목소리가 나는 방향이 바뀌었다.

　초아는 천천히 다시 방향을 바꾸었다.

　스륵.

마치 갈대숲을 스치는 바람처럼 초아는 발길을 옮겼다.

그때였다.

발목 아래에서 서늘한 느낌이 들었다.

"헉."

초아는 재빨리 뒤로 물러났다.

발목 아래를 보니 누군가 천잠사를 길게 늘어뜨려 놨다.

이건 적의 함정이라는 말이었다.

초아는 검을 빼서 앞을 막고 있는 천잠사를 베어 냈다.

백경의 무공 앞에서 천잠사 따위는 그저 보통 실에 불과했다.

서걱.

앞에 얽혀 있던 천잠사가 도끼가 지나간 실타래처럼 두 동강 났다.

초아가 희미하게 웃고 있을 때였다.

귓가에 기분 나쁜 파공성이 꽂혔다.

슉!

그 소리에 초아는 재빨리 움직였다.

그녀가 엎드린 자리에 통나무 하나가 지나갔다.

"덫?"

이건 사냥꾼이 설치해 놓은 덫이 분명했다.

다만, 사냥꾼의 목표가 맹수가 아니라는 점이 중요했다.

초아는 눈을 감고 기감을 최대한 끌어올렸다.

백경에서 배운 것 중 하나가 눈보다 감각이 더 빠를 수 있다는 것이었다.

신선은 신체의 눈이 아닌 마음의 눈을 뜨는 자라고 했다.

눈을 감고 기감을 끌어올리자 주변의 덫이 어렴풋이 느껴졌다.

슝!

함정이 하나 더 날아왔다.

기척이 없고 움직임만 있는 것으로 봐서 단순한 함정이 분명했다.

초아는 그 함정을 쳐 냈다.

팍!

묵직한 통나무가 빙글 돌더니 방향을 바꾸었다.

그때였다.

허벅지에 따끔한 통증이 느껴졌다.

초아는 힐끔 고개를 돌려 자신의 허벅지를 살폈다.

허벅지에는 작은 은침이 하나 꽂혀 있었다.

초아는 이해가 되지 않았다.

분명히 날아오는 함정을 쳐 냈는데 이 은침은 대체 어디에서 날아왔다는 말인가?

어디선가 쏘아 낸 암기라면 자신이 눈치 못 챌 리 없었다.

그때 다시 통나무 하나가 그녀를 향해 날아왔다.

슝!

초아는 검을 횡으로 그었다.

팍!

통나무가 힘없이 방향을 바꾸었다.

그때였다.

초아는 방향을 바꾼 통나무 아래에서 손 하나가 나오는 것을 보았다.

그 손이 초아를 향해서 날아왔다.

길게 뻗은 손에는 은침이 들려 있었다.

슝!

초아는 뒤쪽으로 물러나며 손을 향해서 검을 뻗었다.

획!

초아의 검이 손에 닿으려 할 때였다.

손은 자라가 목을 집어넣듯 재빨리 자취를 감추었다.

초아는 그제야 자신이 어떤 방식으로 공격을 받았는지 알아챘다.

상대는 날아오던 통나무 밑에 숨어서 몰래 공격을 한 것이다.

순간 지금 상황을 깨달은 초아는 재빨리 검지로 허벅지의 혈도를 찍었다.

픽!

그러고는 잽싸게 허벅지를 묶었다.

"비겁한 놈, 독을 쓰다니!"

"그건 너희도 비슷하지 않아? 혈독을 먼저 쓴 사람이 누구지?"

토끼 가면을 쓴 상대가 모습을 드러냈다.

물론 상대의 정체는 한빈이었다.

초아는 상대가 누군지 짐작조차 하지 못하고 있었다.

"……."

"걱정하지 마. 어떤 상황이 와도 살려는 줄게."

"……."

"왜 대답이 없어? 어차피 네 수하는 모두 처리했어."

"뭐라고?"

"처리했다고. 아마도 지금쯤이면 모두 늑대 밥이 됐을걸."

"대체 넌 누구냐?"

"그건 비밀이라고밖에 할 수 없네."

"흠."

초아는 눈을 가늘게 뜨고 상대를 바라봤다.

상대도 백경의 무사처럼 토끼 가면을 쓰고 있었다.

한참을 보던 초아가 말을 이었다.

"대체 어떻게 나와 똑같은 가면을 쓰고 있지?"

"원래는 조금 모양이 달랐어. 비슷하게 만든다고 만들었는데, 토끼 귀가 약간 모양이 다르더라고. 그런데 지금은 네 수하가 쓰고 있던 것을 빼앗아 썼으니 똑같다고 볼 수 있지."

"……."

초아는 아무 말 없이 상대를 살폈다.

묘하게 속을 긁는 듯한 목소리가 귀에 익었다.

정확히는 목소리보다는 말투였다.

말투를 떠올린 초아의 눈이 커졌다.

"너, 나랑 본 적 있지?"

"어디서?"

"유, 유림 서원에서……. 설마 네가?"

"유림 서원에서만 본 것 같아? 우리는 다른 곳에서도 봤을 텐데?"

"유림 서원 말고 다른 곳에서 너를 봤다고?"

초아의 눈빛이 살짝 떨렸다.

백경의 초아는 이렇게 당황해 본 적이 처음이었다.

그녀가 당황한 이유는 상대의 말투가 유림 서원에서 마주했던 적룡대협과 비슷했기 때문이다.

그자가 아니라면 친척이라고 해도 될 정도였다.

묘하게 신경을 박박 긁는 말투는 아무리 생각해도 비슷했다.

만약 적룡대협, 그 작자라면?

문제는 심각했다.

분명 적룡대협의 죽음을 확인했다.

그런데도 살아 있다면? 그건 강호의 무인이 아니라 신선에 가까운 존재라는 말이었다.

거기에 더 중요한 게 있었다.

이곳의 임무를 맡기 전에 백경은 조직을 삼 등분 해서 현지로 파견했다.

한 곳은 적룡대협을 쫓기 위한 무리였다.

유림 서원에서 목숨 줄을 끊은 적룡대협이 나타났다고 보고가 된 것.

그뿐이 아니었다.

청운사신이란 작자도 나타났다고 소식이 들어왔다.

조직의 삼 분의 이는 그자들을 쫓기 위해 파견되었다.

그런데 적룡대협이란 작자가 이곳에 나타났다고?

그렇다면, 소식 속의 적룡대협은 가짜일 수밖에 없었다.

가짜가 출몰한 이유는 당연히 유인책이고 말이다.

그렇다면 위험한 것은 자신만이 아니었다.

적룡대협을 쫓기 위해 파견된 다른 백경의 무사도 위험에 처했다는 말이었다.

이것은 초아에게는 엄청난 문제였다.

유림 서원에서 적룡대협을 자신이 죽였다고 선주에게 보고하면서 생긴 사달이었다.

그런데 상대는 유림 서원 말고 다른 곳에서도 봤다고 비꼬는 어투로 말하고 있었다.

초아는 호흡을 가다듬고는 말을 이었다.

"대체 너와 어디서 봤다는 거지? 내가 보기에 너는 분명히 적룡대협이란 작자다. 그렇지?"

"참, 머리가 나쁘면 삼대가 고생한다던데……. 갑판 위에서 기억 안 나?"

"갑판 위라면……."

초아는 본능적으로 품속에서 신호탄을 꺼냈다.

그러고는 가차 없이 끈을 당겼다.

다른 신호탄과는 다르게 제법 위쪽으로 높이 올라갔다.

태양을 향해 꽂힐 듯한 기세로 날아가던 신호탄이 터졌다.

팡!

하얀 불꽃이 천천히 지면으로 내려온다.

마치 난을 그리듯 말이다.

대낮에 하얀 불꽃인데도 눈에 선명하게 보이는 묘한 불꽃이었다.

이 신호는 백경의 무사들에게 보내는 신호였다.

이 신호탄의 의미는 백경의 경계경보 중 두 번째 단계인 지급 경보였다.

이 신호탄 하나면 외부에 있는 백경의 무사들은 이곳으로 몰려들 것이었다.

초아가 이 신호탄을 쓴 이유는 간단했다.

갑판 위에서 본 외부인은 딱 한 명밖에 없었다.

그것은 청운사신이란 작자였다.

상대의 말에 의하면, 청운사신과 적룡대협이 같은 인물이란 의미였다.

즉, 청운사신의 출몰도 함정이란 뜻이었다.

가짜가 둘이나 출몰했다는 것은 진짜 중요한 곳이 바로 이곳 백독문이라는 말이었다.

신호탄을 쏜 초아는 머리를 감싸 쥐었다.

신선이 되겠다는 꿈은 저 멀리 날아가는 것만 같았다.

몇 걸음 안 남았다고 생각했는데, 생각지도 못한 중원의 쥐새끼 하나 때문에 물거품이 된 것이다.

씩씩대던 초아는 눈을 가늘게 떴다.

상대의 이상한 행동 때문이었다.

청운사신인지 적룡대협인지 알 수 없는 상대는 아무렇지 않게 먼 산을 보고 있었다.

그런데 그 먼 산이 백경의 배가 있는 쪽이었다.

"부처님 손바닥 안이었다는 말인가……."

초아는 자신도 모르게 마른침을 삼켰다.

백경의 전력을 분산시킨 것부터 시작해서 저렇게 백경의 위치까지 알고 있다면?

상대의 깊이가 짐작되지 않았다.

이제는 어느 쪽이 진짜 적룡대협인지도 헷갈릴 정도였다.

눈앞에 있는 자가 유림 서원에서 마주친 자일까?

상대는 그렇다고 하지만, 그것조차 거짓일 수 있었다.

가장 궁금한 것은 백경이 있는 곳을 어떻게 알고 있냐는 점이었다.

혹시 상대가 백경의 모든 계획을 알고 있다면?

초아는 자신도 모르게 어깨를 가늘게 떨었다.

물론 한빈이 백경이 있는 곳을 알고 있다는 것은 초아의 착각이었다.

한빈이 보고 있는 것은 용린검법의 책장이었다.

[용안으로 구결을 확인합니다.]

[천급 구결 몽(夢)을 획득하셨습니다.]

초아의 허벅지에 은침을 찔러 넣으며 획득한 구결이었다.

이어진 책장에는 그동안 획득한 천급 구결과 알 수 없는 구결이 일목요연하게 정리되어 있었다.

[천급 - 대(大), 비(非), 만(晩), 사(似), 몽(夢)]

[알 수 없는 구결 : 삼(三)]

천급 구결이 다섯 개가 모였다.

아직 적절한 짝을 못 찾은 듯 조합되지는 않았지만, 한두 개만 더 모으면 새로운 천급 초식을 만들 수 있을 것 같았다.

한빈은 조급해하지 않았다.

눈앞에 있는 초아라는 무사의 몸 곳곳에는 천급 초식이 넉넉하게 남아 있었다.

한빈은 마른침을 삼키며 초아의 몸 곳곳을 확인했다.

처음 봤던 구결이 없어지지 않고 자리를 지키고 있었다.

한빈의 눈빛에 초아는 자신도 모르게 뒤쪽으로 물러났다.

가면 뒤로 얼핏 보이는 상대의 눈빛이 이상하리만큼 끈적였기 때문이다.

저런 눈빛은 어디선가 본 듯하기도 했다.

그녀가 목숨을 거뒀던 색마들이 저와 비슷한 눈빛을 하고 있었다.

가공할 무공에다가 사람의 마음을 긁어 놓는 격장지계.

그뿐 아니라 뒤틀린 색욕까지 가지고 있는 자라…….

초아는 이쯤에서 상대를 다시 판단해야 했다.

상대는 적룡대협이나 청운사신이 아닐 수도 있었다.

그때였다.

상대가 움직였다.

상대의 검 끝에서 푸른 강기가 일렁였다.

그것은 검이라고 볼 수 없었다.

마치 한 마리의 독사 같았다.

휘릭.

혀를 날름거리며 품 안으로 날아오는 적의 검에 초아의 검이 본능적으로 반응했다.

파 팍!

유림 서원에서 썼던 마지막 초식을 토해 냈다.

남은 내공으로 그녀의 주변을 불사를 수 있는 마지막 초식이었다.

초아가 외쳤다.

"모든 것을 삼켜라!"

그 외침의 끝에 초아의 눈빛이 살짝 떨렸다.

몸의 곳곳을 노리고 달려들던 상대의 기세가 봄날 눈 녹듯 사라졌기 때문이다.

대신 붉은 불꽃 하나가 초아의 발아래로 떨어졌다.

순간 초아의 눈이 커졌다.

쌈싸름한 화약 냄새가 주변으로 퍼졌다.

생각할 틈도 없이 굉음이 귀청을 찢었다.

쿠아—앙!

초아는 검집과 검신을 교차시켜 기막을 펼쳐 냈다.

기막을 펼쳐 냈지만, 하염없이 몸이 뒤로 밀렸다.

유림 서원에서 당했던 폭발보다 몇 배는 강한 것 같았다.

그때였다.

다시 목덜미에 통증이 밀려왔다.

목 부근을 더듬자 침 하나가 손에 걸렸다.

초아는 침을 뽑아 땅에 던지고 재빨리 자신의 목을 점혈했다.

픽.

목이 뻐근하긴 했지만, 완벽하게 침에 찔린 쪽은 피의 흐름을 차단했다.

그때 비아냥거리는 목소리가 들려왔다.

"꽤 하는데?"

"그때 그 적룡이란 작자가 맞느냐?"

이건 초아의 당연한 의문이었다.

무공의 격차가 너무 컸다.

당시에는 초아도 마지막 힘까지 짜내서 적룡대협을 물리칠 수 있었다.

그런데 이번에는 상황이 달랐다.

마지막 힘을 짜내기도 전에 상대가 모든 초식을 차단하고 있었다.

힘을 쓰기도 전에 당하는 느낌이었다.

거기에 곳곳에 깔린 함정은 마치 자신을 알고 준비해 놓은 것만 같았다.

지금 상황으로 보면 이전에 마주했던 적룡대협과는 완전히 딴판이었다.

떨리는 초아의 표정을 본 한빈이 웃었다.

"하하, 왜 그렇게 놀라나?"

"……."

"이번에는 내가 판을 깔았잖아. 그러니 당연히 내가 유리

하지. 옛 성현의 말씀에 고수들끼리의 싸움은 백지장 하나의 차이로 판가름 난다고 하지……. 물론 네가 고수라는 건 아니야."

한빈이 손을 내저었다.

물론 거짓말이었다. 상대는 고수가 맞았다.

그 증거로 몸 곳곳에 천급 구결을 피워 내고 있었다.

천급 구결을 몸에 담고 있는 자가 고수가 아니라면 누가 고수겠는가?

천급 구결의 유무야말로 한빈이 고수와 하수를 구별하는 기준이었다.

쉽게 말해서 먹을 게 있으면 고수, 먹을 게 없으면 하수였다.

한빈은 이번에도 구결을 얻었다.

[용안으로 구결을 확인합니다.]
[알 수 없는 구결을 획득하셨습니다.]

천급 구결이 아니라 알 수 없는 구결이 하나 더 늘었다.

[……]
[알 수 없는 구결 : 사(四)]

구결을 확인하고 다시 월아를 살포시 잡은 한빈이 고개를 갸웃했다.

갑자기 구결을 나타내는 점이 상대의 몸에서 희미해졌기 때문이다.

"이런 제길!"

한빈이 비명을 토해 내며 상대에게 달려들었다.

'일촉즉발.'

눈 깜짝할 사이에 상대에게 달려든 한빈은 손을 뻗었다.

그 도중에도 한빈은 상대를 분주히 살폈다.

상대의 몸에서 구결이 사라진 이유는 간단했다.

상대가 극단적인 방법을 선택했기 때문이다.

초아라는 무사의 입술에는 뽈피리가 물려 있었다.

앞에 네 명을 심문하면서 밝혀낸 사실 중 하나가 뽈피리는 구조 요청을 하는 도구이면서 자결 도구라는 것이었다.

물고 있는 모양새로 봐서 뽈피리로 자결한 것이 분명했다.

하지만 한빈이 누구던가?

상대의 의도대로 놔둘 수는 없었다.

아직 그들에게 시킬 일도 많았고 취해야 할 구결도 산더미였다.

이대로 보내 주는 것은 한빈의 방식이 아니었다.

'기사회생.'

한빈은 가장 효과적인 초식을 펼쳤다.

그와 동시에 하나의 초식을 더 펼쳤다.

'근묵자흑.'

약을 먼저 줬지만, 독도 심어 놓았다.

누가 보면 이해 못 할 상황이지만, 적에게 베풀 수 있는 최고의 호의였다.

～

초아의 귓가에 다른 목소리가 들려왔다.

"대장 토끼 언니, 정신이 들어요?"

"너, 너는 누구냐?"

"저는 설화 토끼라고 해요. 질문을 던지기 전에 일단 고맙다는 말부터 해야 할 것 같은데요."

"고맙다고 해야 한다니……."

"다 죽어 가는 언니를 우리 공자님이 힘들여서 살렸거든요."

"그러고 보니……."

초아가 말끝을 흐렸다.

그제야 자결을 했던 마지막 기억이 떠오른 것이다.

초아의 눈빛이 살짝 흔들렸다.

그녀가 복용한 것은 전신 혈맥이 터져 주변 사람까지 녹이는 화열단이었다.

화열단은 선주도 해독 못 하는 독이었다.

화열단을 해독할 수 있는 것은 신선밖에 없다고 들었다.

떨리는 눈빛은 바로 멈췄다.

그녀는 백경의 일원, 그중에서도 수뇌부급의 무사였다.

표정을 수습한 초아가 물었다.

"대체 왜 나를 살린 것⋯⋯."

초아는 말을 멈췄다.

돌아선 사내가 갑자기 초아가 있는 곳으로 걸어왔기 때문이다.

분명히 자신과 마주했던 적룡대협이란 작자였다.

다만, 토끼 가면을 벗은 맨얼굴이었다.

맨얼굴의 사내는 얼굴이 허여멀건 것이, 무사라고 보기에 민망한 정도였다.

그냥 보기에는 서생으로 보일 정도의 외모였다.

"대체 너는⋯⋯."

초아는 말을 맺지 못했다.

천천히 초아가 있는 곳으로 걸어오는 적룡대협이란 작자의 눈빛을 보았기 때문이다.

그자의 눈빛은 이전의 기억처럼 끈끈했다.

초아는 바로 저 눈빛 때문에 자결까지 결심했었다.

그 눈빛의 주인공은 한빈이었다.

한빈이 끈끈한 눈으로 바라보고 있는 것은 초아의 신체가 아니라 그 위에 뜬 점이었다.

몸을 회복시키니 점이 나타난 것이다.

이것이 한빈이 의도한 바였다.

물론 초아는 다른 방향으로 그 눈빛을 받아들였다.

초아는 두려움에 뒷걸음치려 했다.

순간 그녀의 눈이 커졌다.

몸이 옴짝달싹하지 않았기 때문이다.

점혈을 당한 것도 아니었다.

분명히 감각은 살아 있는데 몸이 움직이지 않았다.

고개를 내려 아래쪽을 바라보니 몸의 반이 흙 속에 파묻혀 있었다.

경황이 없어서 자신의 상태를 그제야 파악한 초아는 망연 자실했다.

살려 줘 놓고 땅에 파묻는다는 상대의 행동이 이해되지 않았다.

거기에 다시 드러낸 사악한 미소.

이건 최악의 상황이었다.

초아가 다시 발악하듯 외쳤다.

"왜 나를 살렸느냐! 대체 무슨 짓을……."

"비밀이라니까! 참 말 많네."

"네놈은……."

"안 되겠다. 저 친구 입 좀 막아라. 집중이 안 되잖아."

한빈의 뜻 모를 말에 초아가 눈을 크게 떴다.

동시에 초아는 어깨 쪽에서 통증을 느꼈다.

아혈이 지나가는 혈맥 중 하나인 견정혈이었다.

초아는 더는 말을 하지 못했다.

그저 멍한 눈빛으로 상대를 바라볼 뿐이었다.

뒤쪽에 있던 설화가 손을 쓴 것이다.

아혈을 제압당한 초아는 졸지에 금붕어가 되어 버렸다.

목소리는 못 내고 입술만 달싹이며 눈만 끔뻑거리는 모습이 금붕어라고 해도 믿을 수 있었다.

그때 설화라는 아이의 목소리가 들려왔다.

"대장 토끼 언니, 미안해요. 할 말은 많겠지만, 우리 공자님이 화 안 나게 하는 게 더 중요해요. 일단 공자님이 묻는 건 바로 대답해 주세요."

"……."

"에? 왜 대답이 없어요? 대장이라서 자존심을 세우겠다는 말인가요?"

설화가 눈을 매섭게 떴다.

마치 자존심이 상한다는 듯 입을 삐죽 내미는 모습이, 손에 쥔 단검으로 목을 벨 기세였다.

순간 초아는 이 집단이 정상이 아님을 깨달았다.

아혈을 제압해 놓고 대답을 하라니!

이건 듣도 보도 못한 고문 방법이었다.

그때 설화의 목소리가 다시 들려왔다.

"아직도 대답이 없네. 셋 셀 동안 대답이 없으면 거칠게 다룰 수밖에 없어요, 대장 토끼 언니."

"……."

초아는 미칠 것만 같았다.

공자라는 젊은 사내가 뭔가 이상한 건 눈치채고 있었다.

그런데 그보다 더 미친놈이 나타날 줄은 몰랐다.

초아는 손짓으로라도 대답하기 위해 팔을 움직였다.

순간 초아는 자신의 팔이 묻혀 있다는 것을 다시 한번 깨달았다.

마혈을 제압당하지 않아도 몸을 전혀 움직일 수 없는 상태였다.

그때 설화가 말을 이었다.

"어차피 대답할 마음이 없는 것 같으니……."

말을 마치기도 전에 설화의 손이 움직였다.

픽!

초아의 마혈을 제압하고 난 설화가 말을 이었다.

"제가 마혈도 제압했어요. 이제 마지막 기회예요. 묻는 말에 대답할 거죠?"

"……."

마혈까지 점혈해 놓고 대답을 재촉하는 상대의 모습은 광기가 가득해 보였다.

그때 부드러운 목소리가 설화를 말렸다.

"너무 재촉하지 말아라."

"공자님, 재촉 안 하면 해 넘어가요."

"네가 아혈과 마혈을 찍었으니 상대가 어떻게 대답을 하겠느냐?"

"아……. 그럼 지금 풀까요?"

"그냥 놔두거라."

"그럼 대답을 못 하잖아요."

"마혈과 아혈을 제압당했어도, 대답하고자 하는 의지가 있다면 충분히 의사를 나타낼 수 있는 법이지. 자신의 의견을 못 나타낸다면 그건 대답하겠다는 마음이 없는 거야."

"아, 그렇죠. 역시 제 생각이 맞았어요."

설화가 빙긋 웃으며 초아를 바라봤다.

그들의 짧은 대화에서 초아는 확신했다.

이들은 백경이 이제까지 알던 집단이 아니라고 말이다.

사파도 아니고, 마교도도 아니었다.

이건 모욕을 주려는 건지 진심인지 전혀 알 수 없는 상황이었다.

초아에게 젊은 공자는 더는 적룡대협도 아니고 청운사신도 아니었다.

초아가 보기에 상대는 중원의 인물이 아니었다.

초아가 오해에 오해를 더하고 있을 때, 한빈이 눈을 가늘게 떴다.

살아 있는 잉어처럼 펄쩍펄쩍 뛰며 초아의 신체 위에서 돌아다니는 점을 보았기 때문이다.

이전에 혼자 있을 때보다 점이 더욱 진해졌으며 생기 또한 느껴졌다.

점에서 생기가 느껴진다고 하면 다른 이들은 미친 게 아니냐고 하겠지만, 한빈은 진심이었다.

강호에 흩어진 구결을 모으다 보니 점이 팔팔한지 죽어 있는지조차 감이 잡힐 정도였다.

지금 초아에게 나타난 점은 기사회생으로 회복했다고만은 볼 수 없었다.

그보다 더 심오한 규칙이 숨어 있는 것 같았다.

여기에서 그대로 구결을 획득하면 그만이지만, 한빈은 조금 더 다른 관점에서 이 현상을 바라봤다.

이건 구결이 생성되는 규칙을 알아볼 좋은 기회였다.

강호에 흔한 속담으로, 어부가 아들을 진정으로 위한다면 물고기를 잡아 주지 말고 낚시하는 법을 가르쳐 주라는 말이 있다.

지금의 상황도 비슷했다.

앞날을 위해서는 당장 구결을 획득하는 것이 아닌, 구결이 모이는 규칙을 알아내는 게 중요했다.

이 규칙을 알아낸다면 상대를 키워서 구결을 획득할 수도 있는 일이었다.

저렇게 생생하게 점이 살아 숨 쉬는 이유는 대체 무엇일까?

분노? 아니면 정말 기사회생의 영향?

생각을 이어 가던 한빈이 손가락을 튕겼다.

딱!

그 소리에 설화가 번개처럼 한빈의 앞에 섰다.

"말씀하세요, 공자님."

"음, 묻었던 애들 좀 파내."

"네? 힘들게 묻었는데……."

"그냥 반만 파내. 확인해 볼 게 있어서 그래."

"존명!"

"그런 말 쓰지 말라니까."

"조호 오라버니가 하는 거 보니 멋있어 보여서요."

"허, 설화 네 마음대로 해."

"감사해요, 존명."

설화가 포권한 뒤 주변을 둘러봤다.

백경의 무사를 파묻은 곳을 찾아 조심스럽게 흙을 다시 파냈다.

마혈과 아혈이 제압당한 상태에서 그 광경을 보던 초아는 아연실색했다.

그녀는 역시 자신의 예상이 맞았다고 생각했다.

마혈을 제압당한 상태에서도 초아의 어깨가 살짝 떨렸다.

자신의 예상이 맞았다는 자체가 두려웠다.

적을 죽이는 게 아니라 가지고 놀다가 생매장하다니!

어떤 문파가 저리 사악할 수 있단 말인가?

거기에 오랫동안 고통을 받으라는 뜻인지 얇은 갈대를 입에 물려 놨다.

땅속에 잠복해 본 무사라면 갈대가 얼마나 소용없는지를 안다.

갈대를 물고 물속이나 땅속에서 숨어 있어도, 버텨 봐야 이틀이다.

이틀 정도 지나면 마른 갈대는 이슬에 축축해져 막힌다.

어떤 갈대를 써도 이틀이 한계였다.

이틀 동안 희망을 품은 채 더 큰 고통 속에서 죽어 간다.

저건 살려 주기 위함이 아니라 고문에 가까웠다.

물론 이건 초아의 오해였다.

한빈은 애초에 그런 계산 따위는 없었다.

한빈의 목적은 희망과 절망을 동시에 안겨 주며 적의 정신을 무력화시키는 데 있었다.

거기에 가장 중요한 것은 역시 구결이었다.

한빈은 다시 몸을 드러낸 백경의 무사를 보고는 희미한 미소를 지었다.

그 어느 때보다 진득한 미소에 설화마저도 한 발짝 물러설 정도였다.

이 미소에는 이유가 있었다.

아까는 확인 못 했던 구결이 백경의 무사들에게 나타났다.

한빈은 그 이유를 알 것 같았다.

멀리서 봤을 때 구결이 보였는데, 하나씩 잡아 오니 구결이 없어진 이유.

그리고 초아의 몸의 점들이 다시 생동감을 찾은 이유는 간단했다.

그들은 뭉치면 더욱 강해지는 무인들이었다.

그것 말고는 설명할 방법이 없었다.

처음 봤을 때는 뭉쳐 있었으니 구결을 나타내는 점이 보인 것이고, 나중에 하나씩 사로잡았을 때는 흩어졌으니 점이 없어진 것이 분명했다.

지금은 다시 모였으니 점이 살아났고 말이다.

한빈이 네 명의 무사에게 확인한 점은 모두 네 개.

초아라는 아이에게 확인한 점이 모두 두 개였다.

이중 천급 구결을 얼마나 취할 수 있을까?

한빈은 일단 월아를 검집 그대로 뻗었다.

획!

한빈의 일격이 백경의 무사 중 하나의 어깨에 작렬했다.

팍!

순간 한빈의 눈이 커졌다.

어깨에 있던 점이 사라진 것이다.

이건 마치 구결을 나타내는 점이 이형환위를 펼친 것만 같았다.

"휴."

한빈은 잠시 심호흡하고 상황을 다시 살폈다.

그냥 바라보는 것이 아닌, 이번에는 심화편의 구결 중 안(眼)의 구결을 사용했다.

안의 구결은 동체 시력뿐 아니라 어둠 속에서도 사물을 볼 수 있게 만드는 효능이 있었다.

지금의 상황을 파악하기 위해서는 안의 구결이 필수적이었다.

안의 구결을 사용하자 어렴풋이 상황을 알 수 있었다.

백경의 무사 네 명 모두에게 구결이 있다는 것은 한빈의 착각이었다.

그들은 구결을 나타내는 점을 공유하고 있었다.

정확히 말하면 하나의 구결이 빠르게 이동하는 바람에 네 개가 있다고 착각한 것이다.

정확한 상황을 알았으니 그에 따른 처치는 당연했다.

'전광석화!'

'구결십팔보!'

한빈은 속도에 중점을 두고 검집을 뻗었다.

상대를 다치게 하지 않으면서 구결을 획득해야 하는 상황이었다.

상대가 다쳐서 구결이 사라진다면?

이 소중한 기회를 허투루 날릴 수도 있는 일이었다.

슝! 퍽!

비슷한 타격음이 여러 구덩이에서 동시에 울렸다.

그것을 바라보고 있던 설화는 눈을 크게 떴다.

사실. 백경의 무사들을 다시 파내라고 했을 때 설화는 한 가지 의심을 했었다.

설화가 보기에 백경의 무사들은 모두 미모가 우월했다.

만약 가면을 벗고 저잣거리를 거닌다면 모든 사내가 눈길을 돌릴 정도였다.

설화는 한빈이 그들의 미모에 반해 살려 주는 것은 아닌지 걱정했다.

하지만 지금의 광경을 보니 그건 기우에 불과했다.

한빈은 그들의 미모 따위는 신경도 쓰지 않았다.

그만큼 한빈의 손 속은 가차 없었다.

이건 설화가 보기에도 고문이었다.

그것도 가장 무서운 고문.

설화가 생각하는 가장 무서운 고문이란 무엇일까?

그녀는 특급 살수 출신.

설화도 고문에 대해서는 일가견이 있었다.

고문 중에 가장 적이 두려워하는 것은 목적이 없는 고문이었다.

고문의 목적은 보통 정보를 알아내는 데 있다.

정보를 알아내고 나면 풀어 주든지, 죽여서 입막음하든지 둘 중 하나였다.

그런데 상대의 목적이 없다면?

이건 고문당하는 자의 처지에서는 미치고 팔딱 뛸 노릇이 었다.

설화가 보기에, 한빈은 목적 없이 상대를 고문하고 있었다.

그것도 숨이 끊길까 조심해서 말이다.

보통 한 순번이 돌면 고문의 목적을 말하기 마련이었다.

그런데 한빈은 몇 번씩 같은 고문을 되풀이하면서도 목적을 말하지 않았다.

설화가 보기에는 이건 고문을 위한 고문이었다.

그 모습을 바라보던 초아도 같은 생각이었다.

무작정 패는 한빈의 모습은 마치 타작하는 농부처럼 자연스러웠다.

아니, 농부라고 하기보다는 두더지를 잡는 동네 아이들과 같았다.

머리를 내미는 두더지를 잡기 위해 손을 뻗는 평범한 아이처럼, 천진난만한 표정으로 백경의 무사들을 패고 있었다.

'이런 죽일……'

초아는 한빈을 무섭게 쏘아봤다.

그것도 잠시, 그녀는 미간을 좁혔다.

상대를 증오한다는 생각을 떠올리자마자 무엇인가가 머리를 옥죄여 왔기 때문이다.

손오공의 머리에 씌워진 긴고아처럼, 초아는 자신의 머리에 무형의 금제가 걸려 있음을 깨달았다.

정확히는 머리의 외부가 아니라 머릿속이었다.

그때였다.

한빈이 손 속을 멈췄다.

그러고는 희열에 찬 표정으로 허공을 바라봤다.

그때였다.

어디선가 피리 소리가 들려왔다.

필리리. 휘이익.

피리 소리는 바람 소리와 섞여 묘한 느낌을 만들어 냈다.

순간 초아의 눈이 커졌다.

그 피리 소리에 반응한 것은 초아뿐이 아니었다.

한빈에게 맞을 때만 해도 이를 악물고 있던 백경의 무사 네 명의 얼굴색이 동시에 변했다.

그중 자청이란 아이가 기어들어 가는 목소리로 외쳤다.

"설마, 혈후⋯⋯!"

그 목소리에 한빈이 고개를 갸웃하며 자청의 앞에 쪼그려 앉았다.

"혈후라니, 누굴 말하는 거지?"

"혈후는 혈후다. 이제 너는 죽었다. 물론 우리도……."

자청은 말을 멈추고 눈을 질끈 감았다.

알 수 없는 말을 하는 자청의 모습에 한빈은 조용히 고개를 돌렸다.

한빈이 바라보는 방향은 피리 소리가 들려온 방향과는 달랐다.

전혀 엉뚱한 방향을 바라보고 있었다.

한빈이 바라보고 있는 것은 물론 용린검법이었다.

[용안으로 구결을 확인합니다.]

[천급 구결 몽(夢)을 획득하셨습니다.]

안의 구결을 이용한 동체 시력의 향상으로 구결을 획득하는 데 성공했다.

중요한 것은 지금 획득한 구결이 천급이라는 점이다.

글귀를 바라보던 한빈이 고개를 갸웃했다.

이미 얻었던 구결이 다시 들어왔기 때문이다.

한빈은 재빨리 고개를 내려 아래쪽을 확인했다.

[천급 - 대(大), 비(非), 만(晚), 사(似), 몽(夢), 몽(夢)]

[알 수 없는 구결 : 사(四)]

역시 착각이 아니었다.

그때였다.

용린검법이 반짝이기 시작했다.

[천급 초식을 조합할 수 있습니다. 지금 조합하시겠습니까?]

순간 한빈은 눈을 가늘게 떴다.

이렇게 용린검법이 물어본 것이 오랜만이기 때문이다.

용린검법은 이제까지 조합할 수 있는 초식이 모이면 바로
보여 주곤 했다.

그런데 지금은 물어보고 있다.

초식을 확인하는 데 시간이 걸리긴 해도, 이렇게 물어보는
것은 조금 의외였다.

한빈은 일단 고개를 흔들었다.

고개를 흔든 이유는 초식을 확인하는 도중에 생기는 작은
틈을 경계하기 위해서였다.

대신 용린검법 속에서 반짝이는 구결을 확인했다.

비(非), 사(似), 몽(夢), 몽(夢).

이 네 글자가 반짝이고 있었다.

한빈의 예상이 정확하다면?

틈을 주지 않고 이 초식을 펼칠 기회가 올 것이 분명했다.

어찌 보면, 이번에 초식 확인을 선택하게 만든 것은 용린

검법의 배려라는 생각이 들었다.

적에게 틈을 주지 않기 위한 배려라면?

생각지도 못할 만큼 강한 적이 다가왔다는 뜻이다.

그것도 바로 코앞으로 말이다.

한빈은 자청이 말한 혈후라는 인물을 떠올렸다.

혈후라?

한빈의 머릿속에 떠오르는 인물이 하나 있었다.

혈수신공(血手神功)을 쓴다는 여인에 관한 전설이었다.

전설이라고 하면 누군가는 현실과 전혀 관계없는 일이 아니냐고 반문하는 자가 있을 것이다.

하지만 이건 한빈이 전생에 확인했던 무공이었다.

한빈이 귀검대주로 활동했던 전생의 기억 속에 분명히 봤던 무공이 혈수신공이었다.

정마대전 당시 가장 치열했던 전투였던 곤륜산맥 초입 혈투의 막바지 때였다.

당시 곤륜산맥의 초입에서 정파와 마교인은 모두 후퇴를 지시받았었다.

그런데 후퇴하려고 하던 도중, 이백여 명이 넘는 무사가 한자리에서 비명횡사하는 사건이 벌어졌었다.

사건 현장에는 고급 향낭에서 풍기는 듯한 냄새가 가득 남아 있었으며, 죽은 자의 얼굴에는 자그마한 손바닥 자국이 하나 남아 있었다.

중요한 것은 정파인이나 마교인 가리지 않고 눈을 감았다는 점이었다.

이 사건 덕분에 흐려져 가던 정마대전의 불씨가 다시 한번 타올랐었다.

우연히도 정파와 마교, 양쪽의 생존자는 한 명씩이었다.

정의맹에서 당시 사건을 맡은 것이 귀검대주였던 한빈이었다.

생존자의 증언에 의하면 하얀 경장 차림의 미인이었다고 했다.

이마에 붉은 점이 다섯 개 찍힌 여인.

덕분에 정의맹에서는 그 여인을 마교도로 특정했었다.

생존자의 증언에 따르면 한나라 때의 대표적인 미인인 조비연을 닮았다고 했다.

조비연은 가녀린 미인의 표상이었다.

마른 몸매는 버드나무를 닮아 있었고, 가느다란 손가락 끝으로 뻗어 있는 손톱은 버드나무잎과 같았다고 했다.

생존자는 어렴풋한 기억으로 조비연을 닮았다고만 증언했었다.

재미있는 것은 미인이라고는 했지만, 정확한 얼굴을 떠올리지 못한다는 점이었다.

기억이 조작되었다고 판단할 수밖에 없는 상황이었다.

당시 한빈은 그것이 백 년 전의 무공인 혈수신공이라고 상부에 보고했었다.

한빈이 혈수신공이라고 보고한 이유는 한 가지였다.

모두가 행복한 표정으로 죽었다는 점.

그리고 그들은 피 한 방울 흘리지 않았다는 점.

이것이 그 무공을 신공이라 부르는 이유였다.

물론 그 보고는 그대로 묵살되었다.

백 년 전의 무공이 어떻게 세상에 나오냐는 의견이 대부분이었다.

지금 상황은 전생과 달랐다.

잊힌 무공과 마주한 것이 벌써 몇 번이나 된다.

근묵자흑을 써서 수하로 만들었던 음마혈녀조차 세상에 나오리라고는 생각할 수 없는 고수였다.

암제의 무공은 또 어떠한가?

상대는 혈수신공을 익힌 백 년 전의 혈후 본인은 아니더라도, 그 후인일 가능성이 컸다.

잠시 상념에 빠진 한빈을 본 자청이 외쳤다.

"그쪽이 아니라니까!"

"고것참 시끄럽네."

"이제 우리는 죽었다니까."

"쉿."

한빈은 검지를 입술에 갖다 대며 고개를 돌렸다.

"설화야."

한빈의 모습에 설화가 바로 반응했다.

"네, 공자님."

"다시 물어라."

"진짜로요?"

"이왕이면 아혈도 같이 만져 주면 좋고!"

"네, 공자님."

설화가 들고 있던 당과 꼬치를 내팽개치고 다시 흙을 쏟아 붓기 시작했다.

순식간에 그들의 머리 위에는 갈대 하나만 삐죽 솟아 나왔다.

모든 광경을 바라보던 초아가 이를 악물었다.

그녀가 할 수 있는 최후의 발악이었다.

그때 은침 하나가 날아와 그녀의 목덜미에 박혔다.

픽!

동시에 그녀의 혀가 움직였다.

상대가 아혈을 풀어 준 것이다.

물론 아혈을 풀어 준 것은 한빈이었다.

멀리서 침을 쏘아 초아의 아혈을 풀어 준 한빈이 천천히 걸어왔다.

초아는 이게 마지막 기회임을 알았다.

"나를 꺼내 주면 여기에서 살아날 방법을 가르쳐 주지. 이제 너를 살릴 수밖에 없다."

"내가 같이 죽기를 원한다면?"

"이, 이 또라이 같은!"

"나한테 할 말은 아닌 것 같은데?"

"왜 죽음을 자초하느냐? 혈후와 상대할 수 있는 이는 이곳에서 백경밖에 없다."

"너, 혈후란 사람 말이야……."

"말해 봐라."

"너희와 같은 백경 맞지? 다른 배의 선주."

"……."

"대답이 없는 걸 보니 맞네. 그럼 너도……."

한빈이 말끝을 흐렸다.

슬쩍 입꼬리를 올린 한빈이 다시 검집을 꺼냈다.

검집 그대로 날아오는 상대의 일격.

초아는 피할 수 없었다.

푹.

초아의 눈이 커졌다. 통증보다 상대의 표정이 묘했다.

"희열에 찬 그 표정은 대체……."

"일단 목적은 달성했으니까 그만 쉬어."

"정녕 같이 죽자는 거냐!"

초아의 외침에 한빈은 아무렇지 않게 고개를 돌렸다.

한빈이 바라보고 있는 곳에는 이미 작업을 마친 설화가 어디서 났는지 또다른 당과 꼬치를 들고 있었다.

한빈은 설화에게 턱짓했다.

동시에 설화가 당과 꼬치를 뒤로 숨기며 초아에게 다가갔다.

그러고는 그녀의 머리 위로 흙을 던졌다.

퍼벅.

그때였다.

다시 피리 소리가 들려왔다.

필리리, 휘이익.

바람을 타고 들려오는 불길한 소리.

한빈은 눈을 가늘게 떴다.

바람을 타고 오는 것이 소리뿐이 아님을 깨달았기 때문이다.

전생에 맡았던 고급 향낭의 냄새가 그대로 실려 오고 있었다.

마친 설화가 손을 털고 일어났다.

"공자님, 다 됐어요."

"일단 청화가 있는 곳으로 튀어라."

"튀어요?"

"이건 부탁이 아니라 지시다. 그리고 이걸 모두 털어 넣고!"

한빈이 주머니 하나를 던졌다.

반사적으로 주머니를 잡은 설화가 눈을 크게 떴다.

"이건 피독주잖아요."

"그래, 남은 피독주를 입에 다 넣고 저쪽으로 달려가거라. 구걸십팔보를 극성까지 펼쳐서!"

한빈이 북서쪽을 가리켰다.

"아, 알았어요. 공자님."

설화가 표정을 굳혔다.

사태의 심각성을 깨달은 것이다.

한빈이 이렇게까지 다급하게 지시를 내린 적이 있던가?

단연코 그런 경우는 없었다.

목숨이 오락가락하던 암제와의 일전에서도 담담하게 적진을 바라봤던 한빈이었다.

그런데 그런 한빈의 음성에 다급함이 묻어 나왔다.

설화는 자신이 옆에 있어 봤자 방해만 됨을 깨달았다.

입 속에 피독주를 다 털어 넣은 설화는 눈을 가늘게 떴다.

주머니 속에 쪽지 하나가 남아 있었기 때문이다.

이것은 아마 한빈이 준 비단 주머니일 터.

설화는 주머니를 품속에 넣고 한빈이 가리킨 방향으로 냅다 뛰었다.

사사—삭.

낙엽 밟는 소리만 남기고 사라진 설화의 신형!

이제 다섯 개의 구덩이 가운데 한빈만이 남아 있었다.

주위를 바라보던 한빈이 월아를 뽑았다.

스릉.

가냘픈 소리와는 달리, 월아의 검신이 내뿜는 예기는 대기를 얼릴 것처럼 빛났다.

순간 한빈이 검을 뽑었다.

'일촉즉발!'

그러고는 눈을 감았다.

한빈은 적의 수법을 대충 알 것 같았다.

적은 지금 자신의 판을 이 갈대숲 주변에 깔아 놓은 것이 분명했다.

그것은 냄새로 판단이 가능했다.

설화는 그 상대가 깔아 놓은 판의 빈 공간으로 빠져나갔다.

"후."

한빈이 다시 숨을 들이켰다.

설화가 빠져나가고 상대가 깔아 놓은 판 속의 빈틈이 완전히 막혔다.

이제 전생에 풀지 못한 수수께끼를 한빈이 직접 해결해야 했다.

수많은 정파인과 마교인이 모두 한자리에서 죽어 간 사건.

얼굴에 끔찍한 혈수가 남아 있으면서도 행복한 표정으로 숨을 거둔 기묘한 상황.

아마도 지금 적이 짠 판과 밀접한 연관이 있을 듯했다.

그 판은 지금 풍겨 오는 향기와 관련있는 것이 분명하고 말이다.

행복한 표정과 향기라?

화살처럼 앞으로 나아가던 한빈이 월아를 살짝 꺾었다.

앞쪽에서 다가오는 가공할 기세 때문이다.

기세가 점점 가까워지자 어렴풋이 형태가 보였다.

흰색 소매를 너풀거리면서 날아오는 모습이 마치 선녀 같았다.

거기에 잘록하게 들어간 허리를 잘 나타내는 복장까지.

뭇 사내가 본다면 단번에 빠져들 용모였다.

거기에 하얀 소맷자락 사이로 드러난 손도 마치 누군가 조각을 해 놓은 것처럼 정갈했다.

하얀 손가락 끝에 뻗은 가지런한 손톱.

아마도 한 번도 싸우지 않은 손이든가 아니면 철저하게 단련된 부분일 듯싶었다.

그렇지 않고서야 손가락 한 마디만 한 손톱이 저리 온전히 붙어 있을 수는 없었다.

한빈은 일단 거리를 가늠했다.

'오십 걸음, 스무 걸음.'

딱 여기까지 셋을 때, 하얀 무복이 한빈의 시야를 가렸다.

전생에 살아남은 생존자의 증언과는 약간 다른 것이, 경장 차림이라고 하기에는 너무 복장이 화려했다.

상대는 공작이 날개를 펼치듯 하얀 의복을 뒤쪽에 펄럭이며 사뿐히 내려앉았다.

"아이야!"

그것이 상대의 첫마디였다.

점점 진해지는 향은 한빈의 몸을 옭아매려 달려드는 것만 같았다.

한빈의 후각은 무림에서도 최고.

그 향기는 어떤 독도 품고 있지 않았다.

물론 지금 풍겨 오는 향기만을 얘기할 때에 한해서였다.

그 향기와 다른 독이 결합해서 치명적인 상황을 만들어 낼 수도 있는 법이었다.

한빈은 상대를 물끄러미 바라봤다.

외모로만 보면 이십 대 중반 정도.

여인으로서는 물이 올랐다고 봐야 할 나이대였다.

그렇다고 기억이 안 날 만한 외모는 아니었다.

생존자의 머릿속을 삭제한 그 무언가가 있을 것이 분명했다.

한빈의 시선에 상대가 말했다.

"그렇게 바라보니 부끄럽구나."

"뭘 그리 부끄러워해요, 혈후 할머니."

한빈 입에서 나온 첫마디에 상대가 움찔했다.

비몽사몽

혈후로 추측되는 여인의 표정이 기묘하게 뒤틀렸다.

마치 할머니란 말에 가슴을 찔린 듯한 표정이다.

잠시 어색한 정적이 이어졌다.

두 명의 고수 사이에는 바람조차 지나가지 않을 만큼 기세가 촘촘히 쌓여 있었다.

누군가 움직이면 바로 반응하겠다는 듯.

실제로 떨어지는 풀잎조차 둘 사이를 비껴가고 있다.

얼어붙었던 분위기도 잠시, 그녀가 기가 막힌다는 듯 한빈을 쏘아봤다.

"그렇지. 아이는 아니었지……. 스무 살 아이의 얼굴을 뒤집어쓴 노괴라고 해야 할까?"

상대는 한빈의 외모나 신분을 믿지 않는 것 같았다.

한빈은 대충 상대를 떠보기로 했다.

"어떻게 내 나이를 알지?"

"외모는 속여도 행동은 속이지 못하는 법이지."

혈후가 가느다란 손가락으로 한빈을 가리켰다.

하얀 손 덕분에 그녀의 손가락 끝 손톱이 유난히 눈에 띄었다.

그 손톱은 마치 붉은 피로 치장을 해 놓은 것 같았다.

한빈은 그 손톱의 끝이 살짝 꿈틀대는 것을 보았다.

아마 그녀가 펼칠 무공과 관계가 있을 듯싶었다.

"행동이라?"

한빈은 혈후라고 예상되는 여인을 바라봤다.

그녀는 혈후가 맞았다.

혈후의 후인이 아니라 바로 본인이 분명했다.

기세와 묘한 분위기는 전생의 현장에서 보았던 상황과 일치했다.

한빈은 혈후를 바라보며 재미있다는 표정을 지었다.

혈후의 표정도 바로 바뀌었다.

살짝 불쾌한 감정을 드러냈던 그녀의 얼굴은 지금 호기심으로 가득 찬 듯 보였다.

한빈의 말이 그녀를 만족시킨 모양이다.

혈후가 입꼬리를 올린 상태로 말을 이었다.

"이번에는 내가 호랑이고 네가 떡장수가 된 것 같은데……."

"다 들었군. 어디서부터 들었지?"

"백경의 아이들을 가지고 놀 때부터 지켜봤다, 아이야."

"그럼 우린 볼 장 다 본 사이군."

"볼 장 다 본 사이라니. 꼭 우리가 남남처럼 느껴지지 않는구나, 아이야."

"그래, 우리는 남남이 아닐 수도 있어."

"재밌는 아이구나."

"네 목이 내 것이 되면……. 남남이 아니지. 그러니 이제 부끄러워하지 마. 우리 재미있게 놀아 보자고!"

"기고만장은 화를 부르는 법이지! 나는 놀 테니 너는 한숨 자고 있거라."

"과연……."

"여긴 품 안이거늘……. 어떤 방법으로 반항하려 하느냐?"

미소를 피워 낸 혈후가 양쪽 손을 들었다.

마치 항복을 선언하는 모양새였다.

하지만 한빈은 동작을 곧이곧대로 받아들일 수 없었다.

한빈은 살짝 한 발 물러나며 기수식을 취했다.

그때 혈후가 자신의 손바닥을 긴 손톱으로 그었다.

제법 긴 손톱 때문인지, 마치 단검으로 자신의 손바닥을 자해하는 듯한 광경이 펼쳐졌다.

손바닥을 긋는 동안에 그녀의 손톱 하나가 피부로 파고드는 것이 보인다.

혈후의 손바닥 안에 그녀의 손톱 하나가 박혔다.

조그만 대롱을 손바닥 안에 박아 놓은 듯한 상태.

동시에 희미하게 배어 나오는 혈흔.

혈후의 손바닥 안에 꽃잎만 한 핏방울이 맺혔다.

그 핏방울을 허공에 뿌리는 혈후.

순간 허공에 핏방울이 맺혔다.

허공에 뜬 핏방울은 마치 꽃잎과도 같았다.

그녀의 손바닥에서 핏방울이 끝없이 망울져 나왔다.

그것은 다시 꽃잎이 되었다.

한빈과 혈후 사이에 작은 꽃잎이 촘촘하게 떠다녔다.

꽃잎은 세상의 이치에 벗어난 듯 떨어질 줄은 몰랐다.

시간이 멈춘 것 같은 광경은 어떤 종교의 신성한 의식처럼 보이기도 했다.

순간 한빈이 이를 악물었다.

눈앞이 점점 흐려졌기 때문이다.

시야를 가득 채운 핏방울이 꼭 혈후의 날개라도 된 것 같은 착각이 들었다.

이곳이 자신의 품이라는 혈후의 말은 맞았다.

상대의 공간 안에서 통제를 받는 것을 한빈이 모를 리 없었다.

입술을 깨문 한빈이 고개를 들었다.

눈을 번쩍 뜬 한빈이 외쳤다.

"잠깐!"

"……."

혈후가 동작을 멈췄다.

허공을 떠다니는 그녀의 꽃잎도 멈췄다.

혈후가 재미있다는 표정으로 말없이 한빈을 바라본다.

시선을 마주한 한빈이 말했다.

"그냥 죽이기에는 아깝지 않아? 누님."

"죽을 때가 되니 그 알량한 혓바닥이 자연스레 움직이는구나."

"설마, 내 얘기가 실없는 소리처럼 들려?"

"그럼 아니더냐?"

"내 진심을 몰라주는군. 풋."

"왜 웃지?"

"……적의 적은 뭐다?"

"갑자기 적 타령을 왜 하는 거지?"

"적의 적은 아군이잖아."

"흠, 그게 무슨 말이냐?"

"당신도 백경의 선주(船主) 중 하나라면서?"

"재미있는 아이구나. 그 나이에 꽤 많은 것을 알고 있어……. 그런 얘길 하는 이유가 뭐지?"

"밑천을 내놔야 얘기가 될 것 같아서 말한 거야."

"살고 싶다면서 그걸 말하다니, 희한한 놈이로군."

"살고 싶다고 한 적은 없는데!"

"방금 말하지 않았느냐? 그냥 죽이기에는 아깝지 않으냐고 말이다."

"아까 할머니라고 한 건 미안했어, 누님."

"누님이라……. 클클."

"누님의 관점에서 얘기한 거고. 솔직히 다른 백경이랑 경쟁 관계 아니야? 상단으로 치면 금와 상단과 천하 상단 같은 앙숙 관계? 그렇다고 대낮에 상대의 목은 칠 수 없는 형편이고……."

한빈은 슬쩍 상대의 눈치를 봤다.

혈후의 눈썹이 살짝 꿈틀대는 것이, 한빈의 말에 영향을 받은 게 분명했다.

그렇게 눈치를 보면서 한빈은 마음속으로 외쳤다.

'지금 바로 초식을 확인해 줘!'

이것은 용린검법에 내린 지시였다.

순간 한빈만 볼 수 있는 용린검법이 희미하게 빛났다.

용린검법을 확인하던 한빈은 다시 혈후를 바라봤다.

그러고는 능글맞은 표정으로 다시 말을 이었다.

"그냥 나랑 편먹는 게 어때?"

"후후."

"왜 웃지?"

"너는 사람이 쥐새끼와 같은 편을 먹는 걸 본 적 있느냐?"

"내가 쥐새끼라는 거야?"

"같이 적에게 맞설 힘은 없으면서 아군의 식량이나 좀먹으면 그게 바로 쥐새끼지."

"이렇게 큰 쥐 봤어? 만약에 있다면 그냥 내가 쥐새끼가 된 거로 하고."

한빈이 피식 웃으며 자신을 가리키자 혈후가 입꼬리를 올렸다.

"후후, 쥐라는 걸 인정하는 걸 보니 그나마 착한 쥐구나. 행복하게 보내 주마."

"왜 자꾸 보내려고 그래? 내가 이래 봬도 힘깨나 쓰거든. 같이 편먹으면 할망구 인생이 확 펼 텐데 말이야."

"뭐라?"

"같은 편을 먹으면 누님이고, 적이면 할망구지. 안 그래?"

"네놈은 죽어야겠구나."

"과연 그게 쉬울까?"

말을 마친 한빈은 힐끔 허공을 바라봤다.

[천급 초식 비몽사몽(非夢似夢)을 획득하셨습니다. 비몽사몽은 시전자의 생명을 연장해 주는 초식입니다. 전설 속 그 어떤 고수라도 잠을 자

면서 적을 상대할 수는 없는 법. 수많은 고수가 잠결에 목숨을 잃었습니다. 비몽사몽은 잠이라는 가장 큰 약점 속에서 용린검법의 주인을 보호해 줍니다. 구결이나 공력이 남아 있지 않을 경우, 비몽사몽의 사용이 중지됩니다.]

한빈은 입가에 미소를 피워 냈다.

그 미소에 혈후가 바로 반응했다.

"그 웃음은 뭐지?"

"그냥……."

"네놈이 무슨 수를 썼는진 몰라도 내가 네 얘기를 듣고만 있었을까? 네놈의 마지막 남은 퇴로마저 막혔다."

혈후가 한빈의 뒤를 가리켰다.

한빈은 힐끔 뒤를 돌아봤다.

혈후는 역시나 노련했다.

한빈이 새로 얻은 초식을 펼칠 준비를 할 때 그녀도 가만히 있던 것이 아니었다.

아무렇지 않게 대화를 나누는 척하면서 뒤쪽으로 핏방울로 만든 꽃잎을 보냈다.

한빈의 뒤쪽에는 혈후가 피워 낸 핏방울이 여기저기 몽우리를 만들어 내고 있었다.

그 몽우리가 살짝 벌어진다.

동시에 핏방울은 꽃으로 변했다.

꽃이 흩어지더니 꽃잎으로 변한다.

하나의 몽우리가 수십 개의 꽃잎이 된 것이다.

한빈은 조용히 상대를 바라봤다.

그러고는 살짝 입꼬리를 더 올렸다.

핏방울로 만든 꽃잎은 다른 이가 봤다면 공포에 휩싸여 제정신을 차리지 못했을 수도 있었다.

하지만 필요한 초식을 준비한 한빈은 상대를 살필 만큼 여유가 있었다.

한빈에게 보이는 것은 천급 구결을 나타내는 점이었다.

한빈은 자신도 모르게 입맛을 다셨다.

"쓥. 기대되네, 기대돼!"

"혓바닥만 긴 아이였구나. 잠들거라."

그와 동시에 사방에 모여 있던 꽃잎이 한빈을 감쌌다.

순간 한빈은 기분이 가라앉는 느낌이 들었다.

누군가 옆에서 자장가를 불러 주는 느낌이었다.

한빈이 마지막으로 본 것은 휘날리는 꽃잎이 만들어 낸 거대한 나무 한 그루였다.

그것을 마지막으로 한빈은 눈을 감았다.

그와 동시에 눈앞에 희미하게 뜬 용린검법의 문구.

[비몽사몽이 발동됩니다. 잠이 깨기 전까지는 멈추지 않습니다. 구결이나 공력이 다 소모되면 즉시 비몽사몽은 해지됩니다.]

그것이 마지막으로 본 글귀였다.

한빈은 지금 자신이 꿈속에 있음을 깨달았다.

누군가의 품에 안겨 있으니…….

이건 꿈일 수밖에 없었다.

그 누군가는 얼굴도 희미한 친모였다.

한빈은 조용히 고개를 끄덕였다. 이것은 환상이 분명했기 때문이다.

한빈은 전생의 사건 현장에서 왜 그들이 기분 좋은 표정으로 죽어 갔는지를 알 수 있을 것 같았다.

이건 쾌락 같은 감정이 아니었다.

살면서 가장 행복한 순간을 보여 주는 것만 같았다.

혈후의 피는 상대의 정신을 마음대로 가지고 놀 수 있는 섭혼술의 효과가 있는 것이 분명했다.

물론 효과가 그게 끝일 리는 없었다.

일종의 공간 장악 능력까지 갖추고 있다고 봐야 했다.

동서남북으로 넓게 공간을 장악한 뒤 한빈에게 다가온 것이 틀림없었다.

이렇게 상대를 잠재운 후 목숨을 빼앗는 것은 그녀에게는 일도 아닐 터였다.

하나 다른 점은 혈후가 마주한 상대가 이제까지의 상대와는 다르다는 점이었다.

용린검법의 주인인 한빈.

그것도 전생의 경험부터 시작하면 강호에서 닳고 닳은 한빈이었다.

여기까지는 한빈의 예상대로였다.

이렇게 공간과 상대의 정신을 장악하지 않고서는 수백의 고수를 반항할 틈도 없이 죽인다는 것은 불가능하니 말이다.

한빈은 꿈속에서 잠시 다른 생각에 빠졌다.

자신도 혈후에게 죽어 간 고수 중 하나가 될까?

그럴 리가 없었다.

한빈은 자신을 믿고 있었다. 정확히는 자신의 안에 있는 용린검법의 힘을 믿고 있었다.

마지막에 본 초식이 발동되었다고 했으니 어찌 되었든 이 아수라장에서 무사할 것이었다.

자문자답은 끝났다.

이제 그 이상의 것을 기대해야 했다.

꿈속의 한빈은 슬그머니 입꼬리를 올렸다.

한빈은 지금 간절히 기원하고 있었다.

혈후의 몸 위로 떠다니는 천급 구결을 놓치고 싶지 않았다.

만약 잠이 들지 않았다면, 저 중에 몇 개는 획득했을 가능성이 컸다.

비몽사몽이란 초식은 용린검법의 주인을 보호하기 위해 만든 장치 같았다.

그렇다면 용린검법은 무리해서 구결을 획득하기보다는 주인을 보호하기 위해 방어적인 초식을 펼칠 것이 분명했다.

　한빈에게는 현실적인 고민이었다.

　당연한 욕망이 꿈틀대자 눈앞의 포근했던 광경이 멈췄다.

　한빈이 가장 행복했던 때는 어머니의 품속에 있을 때가 아니었다.

　한빈이 제일 즐긴 순간은 바로 용린검법의 구결을 획득하는 순간이었다.

　그것을 깨닫자 한빈이 바라보던 행복한 형상이 얼음 깨지듯 부서졌다.

　쩌저적!

　한빈을 옭아매던 금제가 깨지는 소리였다.

　한빈의 눈앞에는 희미하게 혈후의 모습이 보였다.

　하지만 아직 수마에서 깨어나지 못한 듯 몸을 움직일 수 없었다.

　금제가 완벽하게 깨진 것이 아니라 반만 깨진 듯했다.

　눈은 뜨고 있지만, 몸을 통제할 수 있는 상태가 아니었다.

　아니나 다를까, 용림검법의 글귀가 다시 떴다.

　[비몽사몽의 상태가 몽유(夢遊)로 변경됐습니다.]

　'흠.'

꿈속의 한빈이 눈을 가늘게 떴다.

몽유라?

정확한 해석은 안 되지만, 반쯤은 꿈에서 깼다는 말 같다.

눈앞에 펼쳐진 광경이 과연 현실이 맞을까?

그때 다시 글귀가 이어졌다.

[몽유의 특별 효과가 추가됩니다. 시전자의 의지를 일 할 반영할 수 있습니다. 기회는 한 번입니다.]

이건 혈후의 금제에서 반쯤 깨어났다기보다는 비몽사몽 속의 자각인 듯싶었다.

어찌 되었든 이것은 기회였다.

일 할이라!

한빈은 속으로 쾌재를 불렀다.

잠을 자면서도 무공을 펼치는 것도 모자라 그곳에 의지를 담을 수 있다는 말이었다.

몸을 움직일 수는 없지만 볼 수는 있고, 그 안에 자신의 의지를 일부 담을 수 있다면?

한빈은 혈후를 보고 미소 지었다.

혈후의 몸에 남아 있는 천급 구결은 그대로였기 때문이다.

지금 눈앞에 펼쳐진 광경은 분명히 현실이었다.

순간 혈후의 손이 천천히 다가온다.

한빈의 머리를 향해서 다가오는 혈후의 하얀 손.

그녀가 피워 낸 피로 된 꽃잎이 불의 형상이라면, 눈앞에 다가오는 혈후의 손은 얼음 같았다.

아니, 얼음이라고 보기에도 기묘했다.

너무도 하얀 손은 마치 세상의 모든 것을 빨아들일 것만 같았다.

그때 혈후가 입을 열었다.

"너는 내 손안에서 영생을 누릴 것이니. 이것이 내 마지막 선물이다. 너의 영혼은……."

마치 중이 법문을 외는 듯 알 수 없는 단어를 뱉은 혈후가 한빈의 얼굴에 손을 가져다 댔다.

아니, 정확히는 손이 한빈의 이마에 닿기 직전이었다.

한빈의 몸이 저절로 움직였다.

'금선탈각!'

용린검법의 의지로 펼치는 초식이었다.

한빈의 몸이 껍데기만 남기고 그 자리에서 사라졌다.

마치 몸만 남기고 영혼이 이탈하는 듯했다.

한빈의 시선이 혈후의 몸을 스쳤다.

순간 한빈은 혈후의 몸을 훑었다.

한빈의 눈에 먹음직스러운 구결의 흔적들이 들어왔다.

일 할의 의지만 있어도 천급 구결을 취할 수 있을 것만 같았다.

아쉽게도 한빈은 일 할의 의지를 발동시킬 방법을 몰랐다.

일단 용린검법의 움직임대로 몸을 맡기는 것이 맞았다.

상대의 하얀 손은 중원의 그 어떤 보검보다도 위험해 보였다.

그리고 주변에 떠다니는 꽃잎 하나하나가 사천당가의 암기보다 위협적이었다.

휙!

혈후의 손이 허공을 공격했다.

한빈의 몸이 신기루처럼 사라진 자리를 바라보는 혈후가 석상이 된 것처럼 멈췄다.

상의만 빈껍데기처럼 바람에 날리다가 아래로 떨어졌다.

펄럭.

"대체 이건……."

혈후의 눈이 커졌다.

자신의 눈이 커졌다는 점에서 혈후는 다시 한번 놀라야 했다.

자신이 근 오십 년간 한 번이라도 놀란 적이 있었던가?

신경질이 난 적은 있어도 놀란 적은 없었다.

물론 강호인 때문에는 신경질조차 난 적도 별로 없었다.

벌레라면 귀찮기라도 하지.

눈에 띄는 강호인들은 그녀를 귀찮게 할 자격조차 없었다.

무림삼존 정도는 되어야 그녀가 조금 신경을 쓸 정도였다.

그런데 무림삼존도 아닌데 자신을 이렇게 놀라게 하는 자를 만났다는 것 자체가 황당했다.

자신의 공간 안에서는, 눈을 뜰 수는 있어도 빠져나갈 수는 없었다.

그것은 신선이 아니라 신선의 할아버지가 와도 결과는 똑같다.

이곳은 그녀의 집이자 그녀의 품 안이었다.

그런데 어떻게 빠져나간다는 말인가?

혈후는 눈을 감았다.

자신의 감각을 흩어진 꽃잎과 연결하기 위함이었다.

혈수신공은 무공이면서도 진법이었다.

꽃잎 하나가 일류 고수에 상응하는 파괴력을 지녔다.

그녀가 감각을 끌어올리자 핏방울로 만들어진 꽃들이 휘돌기 시작했다.

혈후가 눈을 번쩍 떴다. 혈후는 재빨리 몸을 돌렸다.

희미하게 움직이는 물체 하나가 잡혔기 때문이다.

도망가는 것도 모자라 공격을 해 온다고?

혈후의 입가에 가느다란 미소가 피어났다.

그 미소가 풍겨 내는 짙은 혈향은 그녀의 손과 연결되었다.

그녀는 왼손을 뒷짐 진 채 오른손만을 움직였다.

마치 무희의 손동작처럼 허공에 곡선을 그렸다.

우아한 손동작과는 달리, 그녀의 독문 무공이라 볼 수 있
는 혈수신공이었다.

혈수신공의 두 번째 초식인 혈잠마수(血蠶魔手).

본격적으로 싸우기로 한 것이다.

"흠."

그녀는 가느다란 침음을 뱉어 냈다.

강호의 누군가가 손을 섞을 줄은 몰랐다.

지나가다가 개미 한 마리를 밟았다고 그걸 기억하는 사람
이 있겠는가?

이제까지 그녀의 손에 죽어 나갔던 강호인은 모두가 개미
였다.

손을 섞는다는 감정은 있을 수 없었다.

스르륵.

그녀의 오른손에서 다시 혈화(血花)가 피어났다.

획!

혈화는 바로 뭉그러지더니 선이 된다.

가느다란 나뭇가지처럼 얼기설기 선이 엉킨다.

그녀가 피식 웃으며 말을 이었다.

"풋, 예쁜 혈잠이 만들어졌구나. 이리 오너라, 아가야."

그녀가 오른손을 움켜쥐었다.

순간 피로 만든 그물이 살아 있는 생물처럼 출렁인다.

그녀의 손과 그물이 완벽하게 연결된 것처럼 보였다.

마치 거미가 날아오는 먹이를 기다리는 형국이 되었다.

먹이가 거미줄을 향해 날아오면 거미는 무엇을 해야 할까?

거미줄에 걸린 먹이를 먹기 위한 준비만 하면 된다.

스륵.

오른손의 손톱이 살짝 더 돋아났다.

그녀는 이제까지 상대를 보냈던 방법은 쓰지 않기로 했다.

눈앞에 서 있는 놈은 행복하게 죽을 권리가 없었다.

힘이 없는 개미야 그냥 밟고 지나가면 될 일이지만, 자신을 향해 검날을 세운 인간에게는 조그만 선물이라도 줘야 했다.

그 선물이란 그녀가 줄 수 있는 최고의 고통을 상대에게 안겨 주는 것이었다.

이제 불과 다섯 걸음.

상대의 검 끝에 푸른 강기가 일렁이는 것이 생생하게 보인다.

혈후의 미소는 거리가 가까워지자 점점 진해졌다.

그녀의 혈잠마수를 파훼할 자가 아예 없는 것은 아니었다.

거미줄로 독수리를 옭아맬 수는 없는 법이지 않은가.

하지만 무림삼존을 제외하고는 그녀가 만든 혈잠마수를 베어 낼 강호인은 없었다.

강호의 몇몇을 제외한다면 모두가 꿀벌이나 파리에 불과했다.

거미줄에 걸린 파리는 죽어서도 자리를 떠나지 못하는 법.

썩어 문드러져 흙이 된 후에야 자리를 떠날 수 있다.

혈후는 상대를 파리처럼 만들 생각이었다.

이제 때가 되자 혈후가 손을 뻗었다.

"오랜만에 펼쳐 보는 수법이구나. 어디 재미있게……."

혈후는 말을 잇지 못했다.

빠른 속도로 다가오던 검 끝이 그녀의 바로 앞에서 사라졌기 때문이다.

혈후는 손을 살짝 흔들었다.

그녀가 만든 그물이 좌측으로 움직인다.

스르륵.

그물이 완벽하게 움직이기 전에 파고드는 푸른 검기.

혈후는 뒷짐 진 왼손을 풀었다.

순간 그녀의 왼손이 푸른 검기를 낚아챘다.

획.

하지만 푸른 검기는 뱀처럼 꿈틀댔다.

곧게 뻗은 검이 뱀의 혀처럼 자연스럽게 구부러진 것이다.

"이런 사특한!"

혈후는 신경질적으로 외쳤다.

들어올 듯하면서 혈잠에 얽히기 바로 전 손을 빼는 모습이 마치 자신을 놀리는 듯 보였다.

용린검법의 통제에 자신의 몸을 맡긴 한빈은 나름 놀라고 있었다.

그것은 용린검법이 혈후를 상대로 초식을 적절하게 쓰고 있기 때문이다.

방어용 초식으로 용린의 주인을 보호만 할 줄 알았는데, 지금 보니 공격 일변도로 가고 있었다.

거기에 더해 위험이 닥치면 눈 깜짝할 사이에 발을 뺀다.

비몽사몽은 한빈이 몽유의 특별한 효과를 사용할 여지를 주지 않았다.

한빈은 혈후가 만들어 낸 혈잠을 바라봤다.

월아로는 베어 낼 수 없는 그물이 분명했다.

상대를 바라보던 한빈의 후각에 혈후가 만들어 낸 혈잠의 향기가 잡혔다.

아직 잠을 깨지는 못했지만, 가장 예민한 코가 반응한 것이다.

처음 마주할 때부터 풍겨 오던 혈향과는 약간 다르다.

후각이라면 중원제일인인 한빈이 아니던가.

미세한 혈향을 감지하지 못할 리 없었다.

어디선가 맡아 본 익숙한 향기였다.

순간 한빈이 눈을 가늘게 떴다.

용린검법이 만들어 냈던 용린검의 향기와 비슷했다.

비슷한 듯하면서도 달랐지만, 분명 용린검의 향기.

피로 독문 병기를 만들어 낸다는 점에서는 유사하다고 보는 것이 맞았다.

한빈은 한 번 쓸 수 있는 몽유를 어디에 써야 할지 본능적
으로 알았다.

그것은 바로 몸속에 잠들어 있는 용린검을 깨우는 것이었
다.

이것은 비몽사몽이 쓸 수 없는 방법이었다.

이유는 간단했다.

용린검을 깨우려면 한빈의 피가 필요했다.

비몽사몽은 용린의 주인을 보호하는 초식.

주인을 상하게 하는 동작 따위는 애초에 펼칠 엄두조차 못
내는 것이 분명했다.

한빈은 일 할의 의지를 손에 집중했다.

뒤쪽으로 물러난 상태에서 월아로 자신의 왼손을 그었다.

스윽.

순간 왼손에 피가 맺혔다.

흐르는 피는 멈출 줄 몰랐다. 손바닥에서 흘렀던 피는 자
연의 이치를 무시한 듯 한빈의 왼팔을 감쌌다.

이어서 눈앞에 보이는 글귀.

[용린검이 활성화됩니다.]
[부창부수를 사용합니다.]
[전광석화를 사용합니다.]

[비몽사몽의 효과로 초식의 한계를 극복합니다.]

뭐지?
한빈이 눈을 크게 떴을 때였다.
다시 문구가 이어졌다.

[구걸십팔보를 사용합니다.]
[……]

줄줄이 이어지는 글귀!
한 번에 사용할 수 있는 초식의 숫자는 한정되어 있었다.
비몽사몽의 효과라?
그럼 이전에는 왜 초식을 남발하지 않았을까?
잠시 고민하던 한빈이 고개를 끄덕였다.
충분히 이해되는 상황이었다.
이전에는 상대가 펼친 혈잠을 파훼할 방법이 없었기 때문
에 초식을 절제한 것이 분명했다.
혈잠을 파훼할 방법이 생기자 비몽사몽의 효과가 늘어난
것이라고 한빈은 판단했다.
비몽사몽이란 초식은 자동으로 발동되는 것이다.
지금 초식을 펼치는 주체는 용린검법 자체.
그렇기에 시전자의 능력을 벗어난 효과를 발휘할 수도 있

는 법.

즉, 한계가 없다는 말이었다.

한빈은 조용히 용린검법을 살폈다.

특히 용린검법의 심화편을 보며 눈을 가늘게 떴다.

순간, 가늘게 떴던 눈이 점점 커졌다.

눈앞에서 줄어드는 구결 때문이었다.

그중에서도 공력을 나타내는 공(功)의 구결은 벌써 바닥을 드러내고 있었다.

[공(功) : 육십오(六十五)]

[……]

[공(功) : 사십일(四十一)]

한빈은 그제야 비몽사몽이 계획 따위는 없이 모든 것을 쏟아붓는 초식이라는 것을 깨달았다.

문제는 모든 본신의 공력과 심화편의 구결을 모두 쏟아붓고 난 후.

그때가 되면 비몽사몽의 효과는 사라진다.

깨어나더라도 도망칠 여력조차 남아 있지 않을 것.

순간 주변의 광경이 휙휙 지나간다.

모든 초식을 쏟아부어 속도를 높인 결과였다.

이전과는 다르게 한빈은 혈후가 만든 혈잠을 향해 일직선으로 날아갔다.

순간적으로 거대한 충격파가 둘의 중심에서 퍼져 나갔다.

덮어 놓은 구덩이가 드러날 정도였다.

쿠릉!

천둥 같은 소리가 울려 퍼질 때 한빈의 눈앞에 글귀가 나
타났다.

[용안으로 구결을 확인합니다.]

순간 한빈이 미소를 지었다.

한빈의 눈앞으로 글귀가 계속 이어졌다.

[천급 구결 기(器)를 획득하셨습니다.]

[……]

[천급 – 대(大), 만(晩), 기(器)]

[알 수 없는 구결 : 사(四)]

전에 모았던 구결은 비몽사몽을 완성하는 데 썼다.

이제 남은 것은 대(大), 만(晩), 기(器)의 세 글자였다.

역시 한빈의 예상은 맞았다.

혈후의 피로 만든 그물을 뚫기 위해서는 자신의 피가 필요
했다.

정확히 말하면 뚫지는 못했지만, 구결은 취할 수 있었다.

한빈이 미소 짓고 있을 때, 몸이 다시 움직였다.

손을 든 한빈이 월아를 곧게 뻗었다.

'일촉즉발!'

혈후를 향해서 화살처럼 날아가는 한빈의 모습은 신검합일(身劍合一), 그 자체였다.

물론 지금 펼친 일촉즉발은 한빈의 의지와는 관계없는 동작이었다.

한빈은 재빨리 용린검법의 심화편을 확인했다.

한빈은 속으로 한숨을 삭여야 했다.

계속해서 심화편의 구결이 줄고 있었기 때문이다.

공력은 물론이요, 체력을 나타내는 구결과 속도를 나타내는 구결 모두 쉬지 않고 줄고 있었다.

[속(速) : 육십사(六十四)]

[……]

[속(速) : 오십칠(五十七)]

문제는 그뿐이 아니었다.

용린검은 한빈의 피로 만들어진 검이었다.

혈후와의 격돌로 인한 손상은 한빈의 피로 메꿔야 했다.

줄어드는 것은 구결뿐 아니라 피도 마찬가지라는 이야기

였다.

자신의 상태를 확인하는 도중에도 한빈은 월아 그리고 용린검과 하나가 되어 갈대숲을 헤치고 날아갔다.

순간 한빈은 아래쪽의 구덩이를 볼 수 있었다.

어떤 구덩이인지 한빈은 잘 알고 있었다.

백경의 무사들을 묻어 놓은 구덩이였다.

혈후와의 격돌 때문인지 덮어 놓은 흙이 모두 날아간 상태였다.

덕분에 구덩이 속에 상체가 드러난 무사 몇몇이 보였다.

이건 한빈이 원한 상황은 아니었다.

한빈은 나중에 얻어야 할 것이 있어서 저들을 숨겨 놨었다.

한빈은 그중 초아라는 아이와 눈이 마주쳤다.

마치 비 맞은 강아지처럼 처량하게 한빈을 바라보고 있었다.

물론 한빈이 해 줄 수 있는 것은 없었다.

아직까지 그들은 적이었다.

적에게 느낄 측은지심 따위는 애초에 없었다.

초아에게 멀어진 한빈의 시야에 혈후의 모습이 들어왔다.

순간 혈후와 한빈이 얽혔다.

챙.

소리는 한 번이었지만, 한빈은 혈후와 눈 깜짝할 사이에 다섯 합을 주고받았다.

한빈의 옆구리에서 살짝 피가 스며 나왔다.

하지만 한빈은 조금도 흐트러지지 않았다.

마치 표정의 변화 없는 석상같이 보이기도 했다.

챙!

갈대숲에서 울리는 소리와 비례해서 한빈의 몸에는 여기저기 상처가 생겨났다.

그 상처에도 한빈은 물러서지 않았다.

마치 목표를 향해 뛰어가는 사냥개처럼 혈후를 노렸다.

챙!

다시 울려 퍼지는 굉음.

머리 위로 날아가는 한빈을 본 백경의 초아는 입을 벌렸다.

순간 초아의 눈이 커졌다.

자신이 입을 벌린 행동에 대해서 놀란 것이다.

방금 구덩이를 덮었던 흙이 날아가면서 상체가 드러난 상황.

거기에 더해 한빈과 혈후가 만들어 낸 가공할 기파 덕분에 초아의 혈맥은 영향을 받았다.

덕분에 점혈이 풀린 것이다.

초아는 재빨리 상태를 살폈다.

그녀를 덮고 있던 흙이 흩어져 있었다.

덕분에 초아는 상체를 움직일 수 있었다.

초아는 바로 구덩이 밖으로 빠져나왔다.

그러고는 몸을 최대한 낮춘 다음 한빈과 혈후의 대결을 지켜봤다.

팡! 팡!

귀청을 울리는 파공성에 그녀는 본능적으로 반응했다.

초아는 귀청을 찢는 듯한 소리만으로도 그들의 대결을 예측할 수 있었다.

초아는 자신이 처한 상황도 까마득하게 잊고는 그들의 대결을 바라봤다.

혈후가 어떤 인물이던가?

백경의 선주 중 한 명이며, 초아가 모시는 백과 대등한 무공을 가진 인물이었다.

즉, 반선의 경지에 이른 인물이었다.

그런데 저 젊은 사내가 대등하게 싸운다고?

초아는 도저히 이해할 수 없었다.

거기에 혈후의 혈잠을 파훼하는 이상한 수법은 무엇인가?

저것은 반선들이 쓰는 무공과 흡사했다.

고민도 잠시, 초아가 어깨를 떨었다.

초아는 자신이 처한 상황을 깨달았다.

이곳에는 자신만 있는 것이 아니었다.

자신은 수하들의 생명을 책임져야 했다.

그녀는 배를 땅에 바싹 붙인 상태에서 수하들이 묻힌 구덩이로 다가갔다.

초아는 숨도 쉬지 않았다.

자신의 행동이 드러나는 것이 두려웠다.

그녀는 이곳에서 살아 나가고 싶었다.

그녀는 다른 구덩이 안을 바라봤다.

다른 구덩이도 덮였던 흙이 다 날아간 덕분에 수하들이 얼굴을 드러내고 있었다.

다만, 초아와 상황이 달랐다.

초아의 수하들은 옴짝달싹 못 한 채 입에 갈대를 물고 있었다.

초아와는 달리 아직도 점혈이 풀리지 않은 상태였다.

초아는 재빨리 해혈을 위해 손을 뻗었다.

순식간에 점혈을 푸는 데 성공한 초아는 수하들을 구덩이에서 끌어냈다.

그녀는 재빨리 수하들을 이끌고 몸을 숨겼다.

하지만 그곳을 떠나지는 않았다.

조용히 두 고수의 대결을 관찰했다.

그때 수하 중 하나인 자청이 초아의 소매를 잡아끌었다.

초아의 소매를 잡아끄는 자청의 손가락이 살짝 떨렸다.

초아는 그 떨림을 알아채고는 고개를 돌렸다.

"무슨 일이지?"

"일단 여기서 후퇴해서, 선주님께 보고드리는 게……."

"우리에게 다음 기회가 있다고 생각해?"

"그게 무슨 말씀이신지요?"

"이번 임무에 실패하면 우리는 백경에서 내려야 해."

"……."

"너 자신만을 위해서 기를 쓰고 백경의 높은 자리로 올라
가려는 게 아니잖아. 고향에 두고 온 가족을 위해서 백경에
오른 게 아니었어? 네가 돌아가면 가족이 무사할까?"

"설마……."

자청의 눈빛이 흔들렸다.

그녀는 고개를 돌려 다른 동료를 바라봤다.

모두가 초아와 같은 결연한 눈빛을 하고 있었다.

자청은 그제야 상황을 눈치챘다.

모두가 처한 상황이 비슷한 것이 분명했다.

가족과 마을의 생존을 담보로 백경에 몸을 담은 것이다.

말하자면 고향에 남아 있는 가족과 마을 사람들이 백경의
무사들을 움직이는 동기이면서 동시에 그들의 약점.

자청이 낮은 목소리로 물었다.

"그럼 이제부터 어떻게 하시려고요?"

"용과 호랑이가 싸우다 지칠 때까지 기다려야지."

"아!"

자청이 낮은 탄성을 흘렸다.

그 탄성은 이내 멈췄다.

어디선가 가공할 기세가 뿜어져 나왔기 때문이다.

고개를 돌려 보니 그 중심에는 혈후가 있었다.

혈후는 결심한 듯 손을 저었다.

순간 그녀가 만들어 낸 혈선이 흩어졌다.

마치 따사로운 햇살에 녹아내리는 고드름처럼 자연스러웠다.

흩어진 혈선은 혈후의 앞에 맴돌았다.

혈후는 아무렇지 않게 자신의 손바닥을 다시 한번 그었다.

다시 손바닥에서 피가 나온다.

그 피가 그녀의 앞에서 맴돌던 혈선과 합쳐졌다.

혈선이 모이자 하나의 형태가 되었다.

그것은 채찍의 형상을 하고 있었다.

혈후는 그 채찍을 들었다.

혈수신공의 네 번째 초식인 혈편선수(血鞭仙手)였다.

혈후의 독문 무공인 혈수신공은 총 다섯 개의 초식으로 구성되어 있었다.

그 초식마다 병기가 달라지며 위력이 증가한다.

네 번째 초식부터는 초식의 명칭에 마(魔)란 단어 대신에 선(仙)이란 단어가 들어간다.

이는 네 번째 초식부터는 신선의 무공에 가깝기 때문이다.

혈편을 만들어 낸 혈후가 여유 있는 표정으로 물었다.

"대체 너는 누구냐?"

대답을 원한 것은 아니었다.

본능적으로 던진 질문이었다.

"……."

상대는 대답이 없었다.

혈후가 다시 물었다.

"어떻게 수마에서 깨어난 것이냐?"

"……."

여전히 상대는 대답이 없었다. 아니, 대답을 할 수 없었다.

한빈은 아직 혈후가 이끈 꿈속에서 벗어난 것은 아니었다.

덕분에 한빈은 감정을 드러낼 수도 없었다.

만약 한빈이 깨어 있었다면, 쉬지 않고 입을 놀렸을 것이다.

상대의 감정을 뒤흔들기 위해서 말이다.

한빈의 가장 강력한 무기는 용린검법의 초식이지만, 비장의 한 수는 상대의 감정을 흔드는 격장지계였다.

그런데 지금은 격장지계를 쓸 수 없었다.

입을 굳게 다문 혈후는 감정을 드러내지 않는 상대를 보며 눈을 가늘게 떴다.

처음 격돌부터 입이 앞서던 상대였다.

과묵한 모습에 경계심이 저절로 들었다.

고민하던 혈후가 뒤로 한 발 물러났다.

상대를 관찰하기 위해서였다.

지금 혈후의 머릿속에 떠오르는 단어는 딱 하나였다.

모순!

절대 뚫을 수 없는 방패와 뭐든지 뚫을 수 있는 창.

혈잠은 절대 뚫을 수 없는 방패이자 그물이었다.

그런데 상대의 검은 그 방패를 무마시켰다.

정확히는 그물을 뚫고 나오지는 못했다.

그물을 반쯤 뚫더니 멈췄다.

그녀의 혈잠과 상대의 붉은 검이 얽혔다.

이걸 뚫렸다고 봐야 할까?

막았다고 봐야 할까?

그래서 모순이라는 표현을 쓴 것이다.

그렇게 놀라고 있을 때, 다른 손에 들고 있던 검이 옆구리를 비집고 들어왔다.

전혀 살기가 느껴지지 않은 한 수였다.

마치 상대는 마음이라는 것이 없는 듯했다.

수마에 들지도 않고 마음을 드러내지도 않는다고?

그것은 망자(亡子)밖에 없었다.

그도 아니라면 신선이라고 봐야 했다.

혈후는 상대의 눈을 바라봤다.

순간 혈후의 눈이 커졌다.

한빈의 눈에는 생기라는 것이 없었다.

마치 아직도 잠에 취한 듯 보였다.

물론 이것은 혈후의 착각이었다.

지금 한빈은 꿈에서 깨어난 것이 아니었다.

거기에 더해 비몽사몽의 영향으로 움직이고 있으니 잠에 취한 것도 아니었다.

혈후는 혈편을 쥔 손에 힘을 주었다.

그렇다고 섣불리 상대에게 다가가지 못했다.

먼저 움직인 것은 한빈이었다.

한빈의 의지와는 상관없는 움직임이었다.

그는 용린검법에 무작정 몸을 맡기지만은 않았다.

지금도 치열하게 머리를 굴리고 있었다.

적의 수법이 혈잠마수라는 초식 하나만일 리는 없었다.

아니나 다를까.

적은 새로운 초식을 꺼내 들었다.

상대가 쥐고 있는 채찍이 병기이자 그녀가 준비한 상승 무공이라는 것은 한빈도 알고 있었다.

상대가 밑천을 다 드러낸 것일까?

한빈은 아직도 상대가 삼 푼이 아닌 삼 할 정도의 밑천을 숨기고 있다고 확신했다.

비몽사몽을 중단시키고 의지대로 이 상황을 이끌어 나가는 게 정답이었다.

초식을 중단시키기 위해서는 딱 한 가지 방법밖에는 없었다.

바로 본신의 내공과 구결을 소모하는 것이다.

한빈이 잠시 고민하고 있을 때, 귀청을 찢는 파공성이 울려 퍼졌다.

창!

순간 한빈의 어깨에서 고통이 밀려들어 왔다.

어깨뿐 아니라 허벅지에서도 통증이 느껴졌다.

혈후에게 타격을 입혔지만, 한빈은 더 큰 상처를 입고 있는 상황.

흔히 말해서 한 대 치고 두 대를 맞는 싸움과도 같았다.

흡사 동네 꼬마들의 막싸움같이 보일 수도 있었다.

동시에 회복을 나타내는 심화편의 구결이 급속도로 줄어든다.

그러지 않아도 바닥을 향해 달려가는 구결이었다.

[복(復) : 오십일(五十一)]

[……]

[복(復) : 삼십오(五十五)]

이제 얼마 안 가면 회복에 특화된 구결도 바닥을 드러낼 참이었다.

한빈이 눈을 가늘게 뜨며 머릿속에 계획을 떠올렸다.

과연 설화는 한빈의 계획을 잘 전달했을까?

백독문의 대문 앞.

백독지회에 참가하기 위해서 모인 독인들은 패잔병처럼 모여 있었다.

혈독에 당한 그들은 아직 몸을 회복하지 못한 상태였다.

대부분의 독인들은 눈빛이 살짝 죽어 있었다.

이번 사건으로 인해서 자신들의 경지를 깨달았기 때문이었다.

다만 몇몇 독인은 눈을 빛내고 있다.

그중 미독 문도희는 고개를 돌려 굉음이 울려 퍼지는 금지 쪽을 쏘아보고 있었다.

문도희는 자신도 모르게 살짝 감정을 드러냈다.

그것은 두려움이 아닌 분노라는 감정이었다.

상대방에 대한 분노가 아닌, 무기력한 자신에 대한 분노였다.

하지만 일에는 순서가 있는 법.

이번 빚을 갚으려면 살아남는 것이 먼저였다.

일단 몸을 피하고 상황을 파악하는 것이 맞다고 생각했다.

문도희는 조용히 대문의 앞쪽에 서 있는 푸른 도포의 사내를 바라봤다.

바로 청운사신이라는 영웅이었다.

그자가 어떻게 여기에 나타났는지는 모른다.

사실 처음에 문도희는 그자가 청운사신이라는 것에 반신반의했다.

하지만 문도희와 독인을 구한 사천당가의 여식이 그를 청운사신이라고 부르는 것을 보았다.

모든 정황을 미루어 보아 저 푸른 도포의 고수가 청운사신임은 확실했다.

거기에 남아 있던 제자들도 그를 영웅으로 받드는 모습이, 더욱 믿음을 주었다.

문도희는 조심스럽게 그에게 다가가 포권했다.

"대협, 저희는 어찌하면 되겠습니까?"

"잠시 기다리시오."

청운사신으로 변장한 팽혁빈이 문도희를 차분히 바라봤다.

물론 속마음은 요동치고 있었다.

아우에게 청운사신으로 변장하라는 쪽지를 받았다.

그 뒤로 설화로부터 청운사신으로 변장해서 해야 할 일들에 대해서도 전달받았다.

팽혁빈은 청운사신으로 변장한 채 한빈이 전한 물건을 백독문의 안쪽에 던져 넣었다.

그것을 던져 넣으면 문이 열릴 것이라고 적혀 있었다.

하지만 일각이 지난 지금도 문은 열리지 않았다.

팽혁빈이 던져 넣은 것은 다름 아닌 현철로 만든 상자였다.

한빈이 덧붙인 말도 없었다.

그저 그 상자를 던져 넣으면 문이 열릴 것이라고만 했다.

지금 팽혁빈이 믿을 것은 아우인 한빈의 말뿐이었다.

아무렇지 않게 문도희를 바라보고 있지만, 결과는 알 수 없었다.

물론 불안한 감정은 숨겨야 했다.

청운사신으로 변장한 팽혁빈은 얼굴에 철판 하나를 깔아놓은 듯 표정의 변화가 없었다.

다른 이가 보았을 때는 팽혁빈의 표정이 묘하게 침착하게 보였다.

팽혁빈의 표정에 문도희도 안심한 듯 고개를 끄덕였다.

문도희가 고개를 돌렸다.

순간 문도희의 얼굴에 의구심 한 줄기가 피어올랐다.

한 가지 의문이 들었다.

청운사신이라는 영웅을 믿고 싶긴 했지만, 과연 백독문의 문이 열릴지는 확신하지 못했다.

백독문은 독충의 독으로 오염된 내부를 정화한다는 명분으로 문을 열지 않고 있다고 했지만, 지금 보면 거짓이 분명했다.

적의 출현을 예상하고 문을 잠근 것이 분명했다.

독을 다루는 문파나 가문 중에서는 사천당가와 더불어 최고가 바로 백독문이지 않은가?

백독문이 적을 두려워해서 피한다는 자체가 이해되지 않았다.

천하의 백독문이 적이 두려워서 문을 걸어 잠갔는데, 그 문을 도로 연다고?

청운사신의 호언장담이 믿어지지 않았다.

그때였다.

백독문의 대문이 소리를 냈다.

끼익.

문이 활짝 열리고 중년인이 밝게 웃는 모습으로 얼굴을 드러냈다.

순간 뒤쪽에서 바라보던 문도희는 눈을 크게 떴다.

문도희가 재빨리 중년인의 앞으로 뛰어갔다.

그 뒤를 이어 적혈문주도 달려갔다.

문도희가 재빨리 그를 향해서 포권했다.

"독호 대협, 오랜만에 뵙습니다."

"일단 안으로 들어오시지요."

중년인이 안으로 손짓했다.

그는 다름 아닌 백독문의 이인자 독호였다.

그의 등장은 독인들의 구겨졌던 인상을 돌려놓을 만했다.

비록 백독문의 문주는 아니지만, 문이 열리고 책임자가 나왔다는 것은 몸을 피할 곳이 생겼다는 것이다.

백독문의 무사들이 백독지회에 온 독인들은 조심스레 안내했다.

그들이 안쪽으로 들어가자 독호가 눈을 가늘게 뜨며 청운사신으로 변장한 팽혁빈을 바라봤다.

"대체 누구신지……."

경계의 눈빛을 한 독호는 살짝 한 발 뒤로 물러났다.

중원에서 독을 다루는 이는 많았다.

하지만 그가 모르는 독인은 손에 꼽을 정도였다.

거기에 더해 상대의 몸에서 독기를 찾아볼 수 없었다.

기세로 봐서는 제법 정순한 게, 정파의 인물임이 분명했다.

독호가 경계하는 사이, 청운사신의 뒤쪽에서 젊은 사내가 걸어 나왔다.

"사숙!"

"흠."

독호의 고개가 살짝 기울어졌다.

그곳에는 낯익은 얼굴이 불쌍한 표정으로 독호를 바라보고 있었다.

젊은 사내는 백독문을 뛰쳐나가 소식이 끊긴 장자명이었다.

독호는 청운사신의 존재보다 돌아온 장자명에 온 신경을 쏟았다.

그도 그럴 것이, 집 나간 제자가 독인이 아닌 정파 무인으로 보이는 자를 끌고 왔으니 당연했다.

그때 장자명이 조심스럽게 말을 이었다.

"사숙, 제가 설명해 드리겠습니다. 이분은 강호에 위명을 떨치는 청운사신 대협이십니다."

"청운⋯⋯."

독호는 말을 잇지 못했다.

조용히 눈앞의 청운사신을 바라볼 뿐이었다.

요즘 강호에서 청운사신을 모르는 이는 없었다.

그의 유명세는 정파, 사파 가리지 않고 강호 전체에 퍼져 있었다.

그런 자가 왜 백독문에 방문했단 말인가?

독호는 뒤를 힐끔 바라봤다.

사형이자 문주인 백주천의 비밀 연공실이 있는 쪽이었다.

그쪽에는 백룡의 고수 셋이 머물고 있었다.

백룡의 고수와 청운사신이라…….

독호는 청운사신이 아군인지 적인지가 판단이 되지 않았다.

그때 독호의 머릿속에 담장 너머 날아온 하나의 물건이 떠올랐다.

사실, 백독문이 문을 연 것은 그 물건 때문이었다.

그것은 독각을 담고 있는 상자였다.

백룡의 부탁을 들어주기 위해서는 대량의 독각이 필요한 상황이었다.

하지만 독각을 구하러 나간 제자들과는 연락이 끊긴 상태.

그 상황에서 날아 들어온 독각은 하늘에서 내려 준 동아줄과도 같았다.

과연 그것이 미끼일까?

독호와 사형인 백주천은 이것에 대해 논의를 했다.

들여보낸 다음 독진에 묶어 둔 후 신분을 확인하자는 것이 결론이었다.

지금 눈치를 보아하니 먼저 들여보낸 독인들은 상자에 무엇이 들어 있는지도 모르는 듯했다.

남은 것은 청운사신의 일행.

독호는 다시 한 발 물러났다.

별것 아닌 것 같은 동작이지만, 백독문의 독인들에게는 많은 의미가 담긴 한 걸음이었다.

그러고는 장자명을 바라봤다.

그 의미를 아는 장자명이 눈을 크게 뜨며 한 걸음 앞으로 나왔다.

"사숙님, 지금 무슨 짓을…….."

"묻는 말에 먼저 답하거라. 왜 외인을 데리고 여기에 왔느냐?"

"도움을 주러 온 분께 이게 무슨 짓입니까?"

"순순히 묻는 말에 답하거라. 만약 대답이 미흡하다면 독진을 열 것이다."

"허……."

이건 예상 못 한 상황인 듯 장자명이 한숨을 내쉬었다.

장자명과 하북팽가에서 온 일행이 서 있는 곳은 사선(死線)이라 불리는 구역이었다.

독인들이 백독문의 담장을 넘지 않았던 이유도 바로 이 사선에 있다.

백독문의 독진은 모든 것을 녹여 버리기로 유명하다.

자세히 주변을 보면 깊은 골짜기인데도 벌레 한 마리 없었다.

그리고 독진이 영향을 미치는 사선의 안쪽으로는 나무 한 그루 찾아볼 수 없었다.

모두 독진의 영향 때문에 일어난 일.

장자명이 고민하고 있을 때였다.

뒤쪽에서 적혈맹호대 대원 중 하나가 걸어왔다.

그를 본 장자명은 화들짝 놀랐다.

지금 걸어오는 자는 적혈맹호대로 분장한 장자명의 사매였다.

죽을 고비에서 적혈맹호대가 구했던 사매.

그녀가 나선다면 오해는 단번에 풀릴 것이다.

문제는 한빈이 그녀의 정체를 끝까지 숨기라고 신신당부했다는 점이다.

지금의 위기를 넘기기 위해 사매의 정체를 밝히느냐?

아니면 한빈의 말을 끝까지 들을 것이냐?

장자명은 함부로 결정할 수 없었다.

그때 장자명의 사매가 코앞까지 걸어왔다.

장자명은 결심한 듯 사매의 소매를 잡았다.

순간 사매는 그 손을 뿌리치고 앞으로 걸어 나갔다.

장자명은 재빨리 그녀를 따라잡았다.

장자명은 한빈의 지시를 따르기로 했다.

만약 사숙에게 그녀가 정체를 털어놓게 된다면?

왠지 몰라도 뒷골이 뻐근한 일이 생길 것만 같았다.

그때였다.

장자명의 사매가 향한 곳은 사숙 쪽이 아니었다.

청운사신으로 변장한 팽혁빈의 앞에 선 그녀는 어색하게 웃으며 품에서 서찰 하나를 꺼냈다.

"설화 소협이 이걸 청운사신께 전해 드리라고 했습니다."

"이건 뭔가?"

"이걸 수뇌부에게 전하면 알 거라고 하셨습니다."

말을 마친 장자명의 사매는 조용히 자리로 돌아갔다.

순간 장자명은 자신도 모르게 한숨을 내쉬었다.

"휴."

그 한숨에 팽혁빈이 정신을 차리고 재빨리 서찰을 독호에게 건넸다.

서찰을 받은 독호는 슬쩍 경계의 눈빛을 보였다.

그러고는 조심스럽게 서찰을 살폈다.

독인답게 함정을 조심하는 것이다.

한참을 살피던 그는 서찰을 펼쳤다.

슬쩍 읽어 나가던 독호의 눈이 커졌다.

독호는 재빨리 서찰을 구겼다.

구긴 서찰을 쥔 손을 비비자 재가 된 서찰이 바닥에 떨어졌다.

독기로 서찰을 녹인 것이다.

갑작스러운 광경에 팽혁빈의 손이 그의 등으로 향했다.

팽혁빈의 등에는 그의 거도가 있었다.

일촉즉발의 상황에서 장자명이 팽혁빈의 앞으로 나섰다.

"대협, 잠시만 기다리십시오."

"흠."

"사숙님의 행동에는 적의가 없습니다. 그저……. 그 서찰의 비밀을 지키기 위해서 펼친 수법일 뿐입니다."

장자명의 말에 팽혁빈이 도를 쥐었던 손을 풀었다.

그 모습에 독호가 나섰다.

"그 말이 맞습니다. 다 읽어 본 후 태우라는 문구가 있었습니다. 백독문에 오신 것을 환영합니다."

갑작스러운 태도 변화에 팽혁빈은 살짝 고개를 기울였다.

그때 장자명이 앞으로 나서며 뒤쪽을 보고 손짓했다.

장자명의 손짓에 적혈맹호대 대원들이 짐을 끌고 사선을 넘기 시작했다.

백독문의 무사들은 그들을 안내했다.

모두가 사선을 넘은 가운데 오직 청운사신으로 변장한 팽혁빈만이 자리에 남았다.

그 모습에 독호가 갸웃했다.

"왜 그러십니까?"

"저는 할 일이 있습니다. 먼저 들어가시지요. 밖에서 파란 불빛이 보이면 그때 다시 문을 열어 주십시오."

"대체 무슨……."

"저는 이만 가 보겠습니다."

팽혁빈은 조용히 고개를 돌렸다.

이것은 아우인 한빈과의 약속이었다. 아니, 약속이 아니더라도 아우를 사지에 남겨 두고 혼자 몸을 피할 생각은 애초에 없었다.

밖으로 걸어가는 청운사신의 모습을 보며 독호는 마른침을 삼켰다.

독호는 자리를 뜰 수 없었다.

바로 조금 전 읽은 서찰 때문이었다.

하북팽가에서 온 일행이 다치지 않는다면 백룡의 부상자를 치료해 주겠다는 내용이었다.

서찰을 보낸 자는 강북 쪽에서는 청운사신만큼 유명한 자였다.

바로 신의라고 불리기도 하고 생불이라고 불리기도 하는 천수장주였다.

청운사신에 천수장주라?

강호의 기인들이 모두 백독문으로 몰려드는 모양새였다.

독호의 끈끈한 시선을 뒤로한 채 문을 나선 팽혁빈은 눈을 가늘게 뜨고 금지 쪽을 바라봤다.

그것도 잠시, 고개를 돌려 문 앞을 바라봤다.

그곳에는 설화가 팔짱을 끼고 점점 진해지는 노을을 바라보고 있었다.

설화뿐 아니라 청화와 소군도 있었다.

팽혁빈은 은은한 미소를 풍겼다.

설화와 청화 그리고 소군은 아예 들어갈 생각조차 하지 않았던 것이 분명했다.

자신의 아우를 저리 생각해 주는 측근이라!

그들이 기특하기도 하고 아우가 부럽기도 했다.

설화 일행은 얼마나 집중하고 있는지 눈도 깜빡이지 않고 있었다.

이들은 모두가 한빈의 신호를 기다리고 있었다.

한편 한빈은 신호를 보낼 틈이 없는 상황이었다.

아직 반 정도는 잠이 든 상태.

그렇다고 성과가 없던 것은 아니었다.

[용안으로 구결을 획득하셨습니다.]

[천급 구결 성(成)을 획득하셨습니다.]

그와 동시에 모아 놓은 천급 구결이 반짝이기 시작했다.

[천급 - 대(大), 만(晩), 기(器), 성(成)]

한빈은 눈을 가늘게 뜨고 결과를 기다렸다.

구결이 깜빡이는 것을 보아 새로운 천급 초식이 조합되는 것이 분명했다. 이어지는 글귀에 한빈의 눈이 커졌다.

[천급 초식, 대기만성(大器晚成)을 획득하셨습니다. 대기만성은 용린
검법의 심법 중 하나입니다. 대기만성은 장인이 그릇을 빚듯 사용자의
구결에 도움을 줍니다. 대기만성을 적용하면 구결이 시간에 따라 자연스
럽게 늘어납니다. 대기만성은 하나의 구결에만 적용됩니다.]

대기만성이라?
순간 한빈은 눈을 크게 떴다.

[몽유가 해제됩니다.]
[비몽사몽이 해제됩니다.]

한빈은 적잖게 당황했다.
그것도 잠시, 한빈은 재빨리 심화편에 남아 있는 구결을
살폈다.
한빈의 눈이 커졌다.
심화편의 모든 구결이 바닥을 드러냈다.
순간 느껴지는 현기증.
다리가 살짝 휘청이는 것이 느껴졌다.
모든 감각이 완벽하게 돌아왔다.
문제는 지금 본신의 내공까지 모두 소모한 상태라는 것이

었다.

한빈은 조용히 혈후를 바라봤다.

혈후와의 사이는 스무 걸음.

상대의 옷소매는 여기저기 찢어져 있었다.

비몽사몽을 펼치는 동안 상대에게 제법 타격을 입힌 듯싶었다.

한빈은 자신의 상태를 살폈다.

자신도 모르게 입을 벌린 한빈은 그제야 왜 현기증이 느껴지는지를 알 수 있었다.

한빈의 붉은 무복은 땀에 젖은 것처럼 척척했다.

사실 땀이 아니라 한빈의 피였다.

아마 회복의 구결로도 감당이 되지 않았던 듯했다.

한빈은 잠시 혈후와 마주 보았다.

상대도 쉽사리 들어오지 않고 있었다.

한빈은 일단 기력을 보충해야 했다.

기사회생이나 금의환향을 쓸 수 있으면 좋겠지만, 지금은 용린검법의 초식을 펼칠 여력이 없었다.

그에 비해 혈후의 모습은 굳건했다.

비록 상처를 입긴 했어도, 당장 눈에 띄는 출혈은 없어 보였다.

거기에 기세도 줄지 않았다.

만약 이 상황에서 혈후가 치고 들어온다면?

한빈은 죽은 목숨이었다.

지금은 먼저 선수를 쳐야 할 때였다.

한빈이 표정을 바꾸며 피식 웃었다.

"안 속네!"

"그게 무슨 말이지?"

혈후의 표정도 변했다. 경계심 어린 표정에서 더욱 경계심 가득한 표정으로 말이다.

그 모습에 한빈이 말을 이었다.

"내가 틈을 보이면 들어올 줄 알았거든. 그런데 안 넘어가고 계속 경계하고 있잖아, 할망구."

"이놈이……."

혈편을 쥔 혈후의 손이 살짝 떨렸다.

쓰러질 듯하면서 버티는 상대의 정신력과 교묘하게 허점을 파고드는 상대의 초식은 어떤 면에서 낯설었다.

혈후의 앞에서 이렇게 버틴 자는 이제까지 없었다.

거기에 끈질기기는 초원에 핀 잡초를 보는 듯한 느낌이었다.

화려하지 않으면서 아무리 씹어도 씹히지 않는 그런 잡초 말이다.

혈후가 피식 웃었다.

그러고는 손뼉을 쳤다.

짝!

그 모습에 한빈이 눈을 크게 떴다.

"뭐지? 지원군이라도 부르려고?"

"그럼 안 되는 건가?"

"둘이 오붓하게 싸우는데 똥개가 끼어들면 방해되지 않아?"

"똥개라……."

"괜찮아. 똥개 정도야 뭐……. 그냥 삶아 먹으면 되지."

"그게 무슨 말이더냐?"

"나도 지원군을 불렀거든."

"지원군이라?"

"우리 사부님을 불렀어. 생각해 봐. 내 사부랑 할망구가 부른 사부랑 누가 더 셀까?"

"대체 그럴 시간이 어디……."

혈후가 말을 멈췄다.

한빈이 품에서 조그만 원통형 물체를 꺼냈기 때문이다.

그러지 않아도 경계하고 있는 상황.

혈후가 혈편을 잡고 앞으로 뻗었다.

날아올 암기를 막기 위해서였다.

순간 원통 모양의 물체가 하늘로 올라갔다.

허공으로 솟구친 물체가 터졌다.

펑!

동시에 하늘에서 파란 불꽃이 천천히 내려왔다.

마치 파란 먹으로 난을 그리듯 여러 줄기의 불꽃이 바닥으로 떨어졌다.

한빈이 피식 웃으며 말을 이었다.

"지금 불렀어."

"이런 쥐새끼 같은 놈이 있나!"

혈후의 눈썹이 부르르 떨렸다. 농락당한 느낌에 분을 참지 못하는 상황.

그때 혈후의 뒤로 백색 무복의 무인이 바람 소리를 내며 나타났다.

사사—삭.

그들은 원숭이 가면을 쓰고 있었다.

외모를 드러내지는 않았지만, 모두의 몸이 엇비슷해서 구분이 안 될 정도였다.

그 모습에도 한빈은 당황하지 않았다.

혈후는 아직 수하들에게 지시를 내리지 않았다.

마치 지루하다는 표정으로 바라보는 상대의 시선 때문이다.

거기에 묘하게 걸리는 단어가 있었다.

그것은 바로 상대가 내뱉은 사부라는 단어였다.

상대도 만만치 않은데 사부라?

사부라면 분명히 상대보다 강할 터.

그 전력이 가늠되지 않았다. 강호를 주유하면서 이런 경우는 처음이었다.

그때였다.

상대의 옆에서 낙엽 밟는 소리가 들렸다.

사사삭.

그 소리와 함께 하얀 무복의 소녀 셋이 나타났다.

그중 하나가 입을 열었다.

"저는 설산신녀 설화."

"나는 청산신녀 청화라고 해요."

먼저 도착한 설화와 청화가 입을 열었다.

그러고는 뒤쪽에서 그보다 더 여자아이가 나왔다.

"나, 나는…… 소군."

소군은 자신을 어떻게 소개해야 할지 몰라 살짝 버벅거렸다.

사실 안으로 대피해 있어야 했지만, 한빈을 두고 들어가지 않는다고 우겨서 밖에 남게 된 소군이었다.

그때 소군의 뒤에서 웃음소리가 들려왔다.

"껄껄!"

그 웃음소리에 혈후가 반응했다.

"누구냐?"

"나를 모르다니? 칼밥을 덜 먹은 게군. 나는 청운사신이라고 한다."

"청운사신이라……."

혈후가 눈을 가늘게 떴다.

분명히 혈후도 알고 있는 인물이었다.

백경이 가장 경계하고 있는 인물이 바로 무림삼존과 더불어 청운사신과 적룡대협이었다.

그중 적룡대협은 백이 죽였다는 이야기를 들었다.

청운사신이라…….

설산신녀도 들어 보긴 한 것 같았다.

물론 소군이란 아이는 금시초문이었다.

혈후는 팔짱을 끼고 고민 가득한 표정으로 상대를 쏘아봤다.

이대로라면 양패구상 할 수도 있는 상황이었다.

상대의 목을 단번에 끊지 못했는데 그 사부가 나타났다.

그런데 그 사부가 하필이면 무림삼존에 버금가는 청운사신.

혈후가 망설이고 있을 때였다.

다시 낯선 목소리가 갈대 사이로 울려 퍼졌다.

"껄껄, 나도 있네."

"당신은 또 뭐지?"

"강호인들은 나를 적룡대협이란 이름으로 부르고는 하지."

그 말에 혈후의 눈이 커졌다.

붉은 도포가 유난히 눈에 띈다.

아니, 정확히는 짙어진 노을빛 덕분에 피를 뒤집어쓴 듯 보이기까지 했다.

강호에 떠도는 적룡대협의 외모와 완벽하게 일치했다.

혈후가 망설이고 있을 때, 한빈이 웃음기 가득한 목소리로 말을 이었다.

"어때? 우리 사부님들이 오셨으니, 잠시 휴전하는 게 좋지 않아?"

"네놈은 뭐기에 청운사신과 적룡대협을 사부로 두고 있다는 말이냐?"

"에? 내 명성도 우리 사부님들과 비교해서 뒤떨어지지는 않는데, 나를 모른다고?"

"……."

"다음에 만날 때 가르쳐 주지. 내가 지금 기운이 허해서 그러니, 밥 먹고 조금 이따가 보자고."

이것은 휴전 제의였다.

한빈은 혈후의 의견을 듣고 싶은 생각 따위는 없었다.

말을 마친 한빈은 슬쩍 눈짓했다.

동시에 설화와 청화가 한빈을 부축했다.

뒤쪽으로 물러나는 한빈 일행.

혈후는 멀어지는 적을 조용히 바라보고 있었다.

이제 혈후의 시야에서 적은 자취를 감추었다.

원숭이 가면의 무사가 혈후를 향해 살짝 고개를 숙였다.

"추적할까요?"

"아니다. 그냥 놔둬라. 잠시 상황을 지켜보자꾸나."

그때였다.

다른 원숭이 가면이 다급하게 외쳤다.

"조금 이상합니다!"

그 외침에 혈후가 재빨리 달려갔다.

혈후가 나타나자 원숭이 가면 무사가 바닥을 가리키며 말을 이었다.

"흔적이 조금 경박합니다."

"이건……."

"청운사신이란 자와 적룡대협이란 자의 흔적입니다."

무사가 가리킨 곳에는 발자국이 어렴풋하게 나 있었다.

혈후는 그 발자국을 자세히 살폈다.

순간 혈후의 눈이 커졌다.

수하의 말대로였다.

청운사신이 남긴 족흔(足痕)은 설산신녀라고 밝힌 아이보다 더 경박해 보였다.

잠시 바라보던 혈후가 외쳤다.

"쫓아라!"

"존명!"

수하들이 갈대 사이로 사라졌다.

동시에 혈후의 신형도 사라졌다.

잠시 후.

백독문의 앞에 도착한 혈후는 어이없다는 표정으로 앞을 바라봤다.

백독문의 대문은 굳게 잠겨 있었다.

족흔으로 봐서, 그들은 이미 안으로 피신한 것이 분명했다.

"속았군."

혈후의 한마디에 원숭이 가면 무사들이 고개를 조아렸다.

모두는 고개를 들지 못했다.

혈후의 성격상 폭발할 것이 분명해서였다.

그때 혈후의 가벼운 웃음소리가 사방으로 퍼져 나갔다.

"하하."

무사들은 그제야 고개를 들었다.

그때 혈후가 다시 말을 이었다.

"다음 계획을 시행하거라!"

"⋯⋯."

원숭이 가면의 무사들은 아무 말도 없었다.

다음 계획을 아는 이가 없는 듯 보이기도 했다.

원숭이 가면의 무사 뒤로 다른 가면 무사가 걸어 나왔다.

그의 체격은 다른 무사들과 같았다.

혈후의 앞에 도착한 새로운 무사가 포권했다.

"준비는 다 됐습니다. 바로 투입하면 되니 걱정하지 마십시오, 주군."

"그래, 너를 믿고 나는 자리를 떠나겠다."

"네, 믿으셔도 좋습니다."

"만약에 살아남는 자가 있다면……. 이걸 전하거라."

혈후가 은패 하나를 내밀었다.

무사가 눈을 크게 떴다.

"이건…….."

"살아남았으니 포상은 줘야지."

"존명!"

무사가 고개를 조아렸다.

그런 무사를 뒤로한 채 혈후가 자리를 떠났다.

노을을 향해 걸어가는 혈후의 신형이 사라지자, 새로운 무사가 가면을 벗었다.

드러나는 하얀 피부.

가면 속의 인물은 젊은 사내였다.

옥을 깎아 놓은 듯한 외모를 가진 사내였다.

어찌나 희고 고운지 사방을 적신 붉은색 노을도 그의 외모를 감추지 못했다.

그 사내는 조용히 입꼬리를 올렸다.

한빈은 독호와 마주 보고 있었다.

백독문이 독진을 발동시켰으니 일단 안심해도 되는 상황이었다.

안심한 표정으로 주위를 둘러보는 한빈과는 달리, 앞에 선 독호는 입을 벌리고 있었다.

너덜너덜해진 무복과 코를 찌르는 듯한 혈향.

눈앞의 사내가 어떻게 살아 있는지 궁금한 상황이었다.

독호가 가장 걱정되는 것은 바로 아까 받았던 서찰이었다.

천수장의 장주라는 사람은 이곳에 백룡의 환자가 있다는 것을 눈치채고 있었다.

거기에 더해 그에 대한 치료도 자신하고 있었다.

대신 조건이 하북팽가에서 온 일행 중 다친 이가 없어야 한다고 했다.

그런데 눈앞에 있는 사내는 언제 죽어도 이상하지 않았다.

독호는 다급하게 수하들을 불렀다.

"여기 환자를 의당으로 데려가라!"

"존명."

그때 사내가 손을 저었다.

"저는 됐습니다. 그러니 환자부터 보죠."

"환자라니……."

"제 서찰을 받지 않으셨습니까?"

"그럼 당신이……."

"네, 맞습니다. 제가 바로 하북에서 생불이라 불리는 천수장주입니다."

"그럼 옆에 계신 분은 누구십니까?"

독호가 한빈의 옆에 있는 붉은 도포를 입은 무인을 바라봤다.

다음 권으로 이어집니다

꿈의 도약, 로크에서 하십시오
(주)로크미디어에서 신인 작가를 모십니다

즐거운 세상, 로크미디어는 꿈을 사랑하고 도전을 두려워하지 않는 작가 분들의 참신한 작품을 기다리고 있습니다. 21세기 장르 문학계를 이끌어 갈 차세대 선두 주자 (주)로크미디어에서 여러분의 나래를 활짝 펴 보시길 바랍니다.

모집 분야 판타지와 무협을 포함한 장르 문학
모집 대상 아마추어 작가, 인터넷 작가
모집 기한 수시 모집

작품 접수 시 유의 사항

1. 파일명은 작가명_작품명.hwp형식을 갖춰 주십시오.
1. 파일에 들어갈 내용은 다음과 같습니다.
   - 성명(필명인 경우 실명을 밝혀 주세요), 연락처, 이메일 주소
   - 제목, 기획 의도
   - A4용지 1장 분량의 등장인물 소개
   - A4용지 2장 분량의 전체 줄거리
   - 본문
1. 작품이 인터넷에 연재되고 있다면, 게시판명과 사이트의 구체적이고 정확한 주소를 기재해 주십시오.

선택된 작품은 정식 계약 후 출판물로 간행되어 전국 서점에 유통됩니다.
작가 분은 (주)로크미디어의 전폭적인 지원하에 전속 작가로 활동하시게 됩니다.
※ 자세한 내용은 로크미디어 홈페이지(rokmedia.com)를 참조하세요.

(04167)서울시 마포구 마포대로 45 일진빌딩 6층
(주)로크미디어 편집부 신간 기획 담당자 앞
전화 : 02) 3273-5135
www.rokmedia.com   이메일 : rokmedia@empas.com